東《あずま》夷《えびす》

〜秀吉の朝鮮出兵令に叛いた
関東の暴れ馬多賀谷重経の生涯〜

毛矢 一裕

郁朋社

東夷／目次

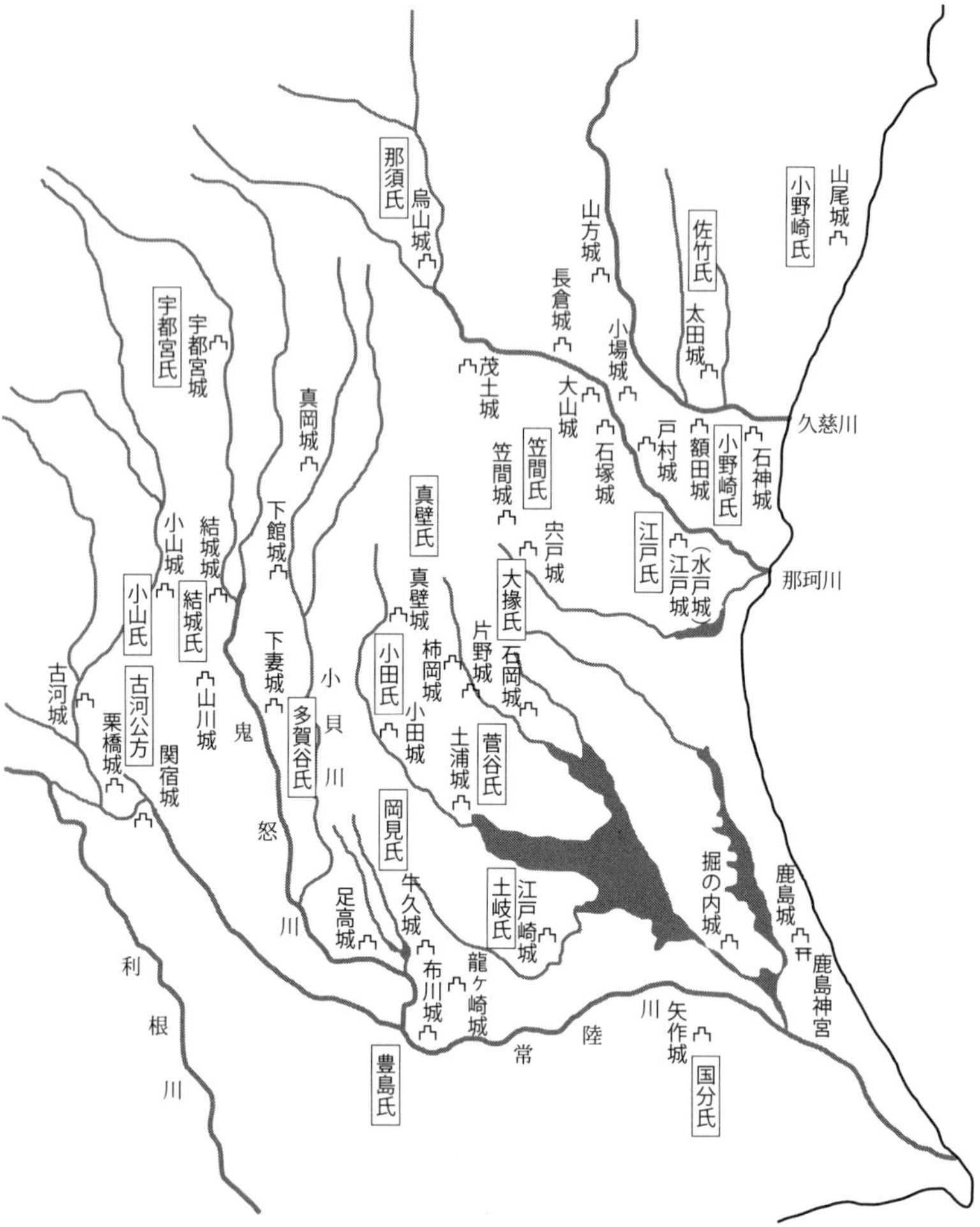

戦国時代における常陸・北下総・下野東部の主要勢力分布図

牛久沼と周辺の城

装丁／根本比奈子

東《あずま》夷《えびす》

――秀吉の朝鮮出兵令に叛いた関東の暴れ馬多賀谷重経の生涯――

1　関東北部連合の使者

「その方、佐竹の使者でござるな」

「仰せの通りでございます。それがし、坂東太郎こと、常州《じょうしゅう》太田城主佐竹常陸介義重《さたけひたちのすけよししげ》より名代を仰せつかった菊池長二郎《きくちちょうじろう》と申します。本日は、織田様より官途奏請《かんとそうせい》を賜った礼状を持参いたしました」

信長の小姓頭、長谷川秀一《はせがわひでかず》が礼状を受け取り、中を確認した。それが済むと、壇上から降りて菊池長二郎の前に端座した。

「遠路はるばる御足労でござった。上様との面謁は叶わぬが、それがしが取次ぎまする」

長二郎が深く頭を下げたと同時に、供の者に目で合図した。

供が恭しく、音物《いんぶつ》の品を秀一の前に差し置いた。

「こちらは、我らが盟主佐竹義重からでございます」

「これはご丁重のいたり」

長二郎も袂から金銀の包みをふたつ取り出して、前へ差し出した。

「そして、もうひとつのこちらが我が主人多賀谷重経《たがやしげつね》からのものでございます」

「多賀谷殿というと？」

「常州、下妻城主でございます」

暫く視線を泳がせていた秀一が、思い出したかのように頷いた。

「そう言えば、坂東からの使僧が色々と申しておりました。坂東一の剛《つわ》の者は、坂東太郎こと佐竹常陸介義重。それに次ぐは常州の若荒馬《わかごま》こと多賀谷重経だと」

「それは、まこと光栄の至りでございます」

長二郎が改まって礼を述べると、秀一は、置かれた品を一瞥した後、金銀の包みだけを表情も変えずに自らの懐へ入れた。

「……まずは関東の情勢をお聞かせ願いたい。が、その前に、なにゆえ、そのようななりをなさっておられる？」

秀一は長二郎の芸能者風の身なりが不思議に思えた。

椿刺繍の小袖に枯茶の馬乗り袴という、そろそろ四十も越えようかと思われる武士にしては、随分と艶やかな格好であった。長二郎は些か照れて顔を赤くした。

「恥かしながら、それがし、京で観世流能楽の手ほどきを受けております。それがしには、京で学んだ歌舞音曲を主人に伝授する役目がございます。こたびも数日内に上洛いたす所存でございます」

それを聞いて長谷川がにやりとした。

「多賀谷殿は、武辺者と聞いておりまするが、そのような風柳も嗜まれるのでござるか」

「いくさが無ければ、当家では謡曲三昧でございます。ははは」

長谷川も釣られて笑ったが、直ぐに真顔となった。

「さてさて、お戯れもここまででよろしかろう。ところで、買い付けは堺に回られるのでござるか」

長二郎が慌てて居住まいを正し、青ざめた表情で秀一を凝視した。

「何も隠さんでよろしかろう。東国からは、大名らが挙《こぞ》って西方へ銃を求めにきておりまする。わざわざ西上されたのも、それが最たる目的ではござりませぬか。なれば、銃の買い付けはここ近江でもできまするぞ」

長二郎の顔が再び赤みを増し、それに加え、ぷるぷると震え出した。

「国友では、すでに多量の銃が造られておりまする。坂東の情勢から察して貴家も相当の銃を欲しているのではござらぬか」

長二郎が神妙に頷く。

「当家は、近々、武田、北条を平らげることになりましょう。それには、貴家を含め、佐竹殿の加勢は不可欠でござる」

長二郎は何度も頷いた。

「そなたがこれから申される坂東の子細によっては、わざわざ京や堺に参らずとも、それがしがここ安土より便宜を図りましょう」

「……上様に取次いで頂けると」

秀一がゆっくりと頷いた。

「数はどれほどでござる」

「五百」

秀一が押し黙った。じっと長二郎を見詰める。

「……ならば、上様も大層お喜びになられる」

それを聞いて、思わず、顔がほころばせた長二郎は、それより、隈無く、関東情勢を秀一に伝え、銃の必要性を説いた。

ひととおり聞き終えた秀一が、大いに納得したように膝上の拳を振り上げた。

「今、話されたこと、すべて上様に申し上げまする。上様の意向次第では、早々に佐竹殿、多賀谷殿、また、その他の反北条大名諸氏と盟約を結ばねばなりませぬ」

急な展開に長二郎は驚いた。地方大名の陪臣に過ぎない自分に、ここまで大事を告げるとは、予想外であった。

「そ、それは、まこと心強いお言葉を賜りました。今のお言葉、上様のお言葉と承り、早速、坂東に帰り次第、常陸介、重経双方にお伝え申し上げます。それはさておきまして、恐れながらも、上様は、ご在城で……」

秀一が厳しい目を向けた。

「上様はお忙しい御方であられる。それゆえ謁見は叶いませぬ。取次ぎも余程の用件でない限り昼間は禁止でござる」

長二郎はがっかりした。

「特に、今ほどは、いくさの中休みでござる。十分にお休みになっておられるゆえ、こちらから、お声をかけることはない」

それを聞いて、長二郎はますます肩を落とした。

すると、秀一が独り言のように呟いた。

「……但し、時折、朝から鷹狩りに参られる」

はっとして、長二郎が顔を上げた。

「た、鷹狩りは何処で興されるので」

「決まっておらぬ。ここらでは長光寺近辺や野洲川域がお気に入りじゃ。そう言えば、明日も往かれるはず。……いや、これは、上様のご気分次第であるから、何とも言えぬ」

秀一が一瞬、気まずい顔をした。長二郎はそれを察した。

「上様は益々ご健勝のご様子にて祝着至極でございます。こたびは長谷川様には大変お世話になりました。それがしのような田舎侍にも、色々とお心遣い頂き、感無量でございます」

莞爾《かんじ》とした長二郎がそう高らかに申し上げた。

秀一は長二郎の大袈裟ともとれる物言いに、ふっと笑みを洩らした。そして、今宵の宿を薦めた後に、他の仕事に向かった。僅かな会見は、それで終わった。

天正六年（一五七八年）三月十二日のその日。安土を訪れた関東北部連合の使者菊池長二郎は、思いの他、確かな手応えを感じ取って城を後にした。

――長谷川殿が申す通り、国友で銃を買い付けできれば、それに超したことはない。だが、それでもやはり、京で手を打っておかなければならぬであろう。

長谷川秀一の話から、近江国友で鉄砲が調達できる見通しがつきそうであったが、何せ、信長のことであるから、どう話が転ぶか分からない。それに価格のこともある。

長二郎の家は代々佐竹家に仕えていた。だが、多賀谷家が事実上佐竹家と同盟を結び、重経が佐竹家の客将太田三楽斎道誉《おおたさんらくさいどうよ》の娘を娶ったのを機に、長二郎は主家替えを命じられ、佐竹家から多賀谷家に仕えるようになった。

そうした経緯もあり、長二郎は、今回の上洛では、多賀谷分に加え、佐竹分も含めた多量の銃の発注を任されている。それゆえ、より確実な取引を選択せねばならなかった。

京には、以前の買い付けで世話になった仲買人の観世小三郎がいる。小三郎は、観世流芸能者として知られ、重経や長二郎の謡曲の師匠でもあるが、それは表の顔で、本業は銃の仲買人である。元根来《ねごろ》法師で、京に移り住み、謡曲指南の傍ら、佐竹、真壁、結城、多賀谷、宇都宮などの関東諸大名らに銃を卸していた。

――まずは京だ。だが、関東北部連合と信長との関係を深めるには、長谷川殿の話も無碍にはできぬであろう。

そう心に留め置き、長谷川秀一が用意してくれた宿坊に向かった。


翌日。宿坊を卯の刻に発った菊地長二郎は、京に向かう途次、供を先にやらせ、単身で野洲川を遡ることにした。昨日、秀一がさりげなく洩らした言葉が、長二郎は気になっていた。

——あれは、わざと儂に信長の居場所を教えたに違いない。儂が鉄砲の数を告げた途端、長谷川殿の態度が微妙に変わった。思いがけない大量の注文だったので、素知らぬふりして信長との面謁の場を報せたのだろう。まさに、殿の申す通りだ。


長二郎は、関東を発つ前、主人重経から念入りに申し渡されていたことがある。

「もし、信長との謁見が叶わなかったら、暫く、安土に留まり、面謁の機を窺え」

難題であったが、長二郎は承知した。

しかし、城を訪れると、思った以上に信長が気難しいことが分かり、とても謁見できる見込みはない。半ば諦めかけていたところ、秀一の言葉に突如光明が見えたのである。

——せめて、信長の顔だけでも拝まねば土産にもならぬ。

村人に尋ねながら、信長の一行が鷹狩りをしていそうな場所を探った。正面に三上山独特の山容がくっきりと浮かび上がった。

――ここらは、とても眺めが良く気持ちが良い。おそらく、信長も同じ思いのはずじゃ。

案の定、日野を過ぎたあたりの野洲川北面の平原で人集りを認めた。近寄ると、数人の鷹匠がおり、信長の一団であることがうかがい知れた。

――やはり。さて、さて、信長はどこだ？

長二郎は目を凝らして信長を探した。意外にも、すぐに信長は見つかった。何故なら、信長の格好が、余りにも他者と違っていたからである。

信長は臙脂《えんじ》の南蛮服を着ていた。頭には黒の南蛮笠を被り、赤のマントまでしている。

長二郎は一行に気付かれないように、近づけるところまで寄っていった。そして、生い茂る葦群に身を潜め、じっと信長の鷹狩りに見入った。

すると、いきなり甲高い声が葦原に広がり、数匹の鷹が一斉に放たれた。

どうやら、信長が鷹匠らに号令を発したらしい。

――今のが、信長の声か。

放たれた鷹らは、一寸も迷わずに、水際で餌を啄む白鷺に向かった。

一羽の鷹が、見事にその白鷺の首を捉え、そのまま羽を広げて、低空飛行に入った。やがて、信長の足許に舞い降りて、加えていた白鷺を放した。白鷺はすでに絶命していた。

「お見事でござりまする」

側近らが一斉に声を上げげた。

信長は表情も変えず、今度は、戻ってきたばかりの鷹を自らの腕に据えて、ハッ、という掛け声と共に甲賀の山並に向けて放した。

鷹は迷うことなく真っ直ぐと山麓に向かった。向かう先には、善水寺という寺で、その境内では豊富な湧き水を利用して鶉《うずら》が飼われていた。鷹はそれを狙ったのである。

善水寺は、再三、信長へ陣取禁令を願い出ていたが、京や奈良などの大寺と違い、信長への金子（矢銭）を工面できないために、一向に聞き入れられることはなかった。

それでも、あえて、しつこく陣取禁令願いを続ける善水寺に、信長は不快感を募らせ、近く善水寺へ制裁を加える予定であった。この鷹狩りは、その予告とも言えた。

そんなことは露も知らぬ長二郎は、ただただ、信長の様子を見入っていた。

信長は予め用意されてあった西洋の革張り椅子に腰掛け、放った鷹を待った。

暫く、空を仰ぎ見ていた信長は、山の斜面を滑るように飛行してくる鷹を確認すると、立ち上がって僅かに頷き、顎髭を撫でながら、傍らの側近らに告げた。

「鷹はけなげなものよ。どこぞ遠くに往こうとも、一心不乱で舞い戻る。まるで我が家臣の如くにのう」

この時期、信長の股肱の重臣らは、それぞれの地で攻略を進めていた。羽柴秀吉は中国播磨、備前、明智光秀は丹波、柴田勝家は越中と、それぞれが信長の切取り自由との命を受けて奮闘していたのである。

「見よ。早速、手柄をくわえておる」

信長の甲高い声が再び風に乗って聞こえてきた。長二郎は思わず興奮した。

鷹は捕らえてきた鶉を先ほどの白鷺と同じように信長の前に落とし、そのまま信長の腕に舞い降りた。信長は、鷹匠が予め用意していた軍鶏の肉を与えた。鷹は一気にその肉を啄み始めた。

「寺院如きの辛気臭い肉など棄てよ」

その信長の一言で、横たわっている鶉の死骸は、駆けつけた小者が抱えて、何処かへ持ち去った。

暫く、鷹は軍鶏を啄んでいたが、何を思ったか、突如、飛び立ち、長二郎が潜んでいる葦群に迫り来て、長二郎の頭を掠めた。

驚いた長二郎が、その場から悲鳴を上げて飛び出ると、信長の側近らが駆け寄ってきた。

「何者じゃ。怪しきやつ」

慌てて長二郎が弁明した。

「決して怪しき者ではありませぬ。それがしは、坂東太郎こと、佐竹常陸介の使者でございます」

「佐竹の使者がなにゆえ、ここに？」

「昨日、長谷川様とご会見の折り、本日、上様がこの地で御鷹狩りを興される旨聞き入れまして、是非、その御勇姿をこの目で拝見したく、参上いたした次第でございます」

「坂東太郎の使者か」

黒鹿毛馬にまたがった信長が、背後から声をかけた。

長二郎は地面に額を擦りつけながら、言上した。

「恐れながら、まこと、お見事に尽きまする。それがしも、上様の御勇姿をしかと目に焼き付け、関東に持ち帰りとうございます。我が盟主（佐竹義重）も、さぞ、それがしの話を待ち詫びておることと存知ます」

長二郎の言葉など、聞いておらぬように、信長は肩に留まった鷹に追加の肉を与えながら、馬首を返した。

「板東で狩りをいたす頃には、武田も北条もこの世にはおらぬ。そう常陸介（佐竹義重）に申し伝えよ」

信長はそう言い放つと、すでに、狩りにも飽きた様子で手綱を引いて、帰路に就こうとした。それを見た長二郎が慌てて御前に罷り出て額突いた。

「恐れながら、一つ、お伺いしたき事柄がございます」

長二郎の言葉に振り返りもせずに、信長は馬を行かせたが、三間ほどで止まった。

無言の時が過ぎた。

とても声を掛けられるほどの身ではないことを承知していた。咄嗟に長二郎は死を覚悟した。

「申せ」

いきなりの信長の声に、長二郎は声を振り絞って言上した。

「東国までも知れ渡った、かの長篠のいくさでございます」

「長篠がどうした」

「鉄砲でございます。武田の猛撃を撃ち破った織田様鉄砲隊の強さの秘訣を知りとうございます」

「誰がそれを知りたい？」

「我が主人《あるじ》、常州下妻城主多賀谷重経でございます」

暫く無言でいた信長は、突如、笑い出した。

「東夷も、鉄砲の威力だけは知っておるようだな。だが陪臣《またもの》如きが。出過ぎたまねを。成敗いたす」

「ひいっ！」

長二郎の体が硬直した。

目をつむり、歯を食いしばって、ただただ額を深く食い込ませていると、意外な言葉をかけられた。

「そちの主人には金瘡《きんそう》はあるか。坂東太郎には額に立派なものがあると聞く」

「……わ、わが主人にもございます。初陣以来、常州の暴れ馬と謳われておりますれば、それは、立派な金瘡が左頬にございます」

「ほほう、東夷にも武辺はおるか。ならば、そちを許す。ただし……」

長二郎は固唾を呑んだ。信長を乗せた馬の蹄の音が寄ってくる。

「坂東には名馬が多いと聞く」

「え？」

意外な言葉に信長が何を申すのかと長二郎はじっと聞き入った。

「面を上げてこれを見よ」

恐る恐る見上げた長二郎は、訳の分からぬまま、信長を乗せている馬を見た。

「坂東には駿馬が多いと聞くが、これほどの馬はおらぬであろう」

確かに、その馬は立派なものであったが、畏《かしこ》まる長二郎は、この信長の言葉に感情が高ぶった。

「いえ、いえ、板東は限りなく平野が続き、牧も多くございます。馬どもは、ここぞとばかりに日々駆け回っておりますゆえ、駿馬は大勢おりまする」

「ほう」

思わず馬上の信長が、意外な顔つきで長二郎を見詰めた。

「ならば、その関東の駿馬とやらを、目にしたい。ここに連れて参れ。儂が気に入れば、その方の主人、直臣も夢ではない」

無茶を申すと思った長二郎であったが、ここで引き下がっては、益々関東武士が侮られると、直ぐさま、言葉を返した。

「承知いたしました。板東の名馬を数頭献上仕ります。つきましては、先の銃撃法を……」

「くどい！」

信長は、そう、吐き捨て、さっと馬首をめぐらし行ってしまった。

その後を、近従らが遅れまいと必死の形相で追いかけていく。

葦原に残された長二郎は、極度の緊張が解けたせいか、その場に仰臥した。

2　窮地の関東北部連合

話は遡る。

越相同盟破綻後、上杉謙信の神通力が関東の諸将らに通じることはなかった。ここ数年の謙信は、関東の守護神どころか、苅田、乱取りが主な目的とも思える越山を繰り返していた。

そうした関東情勢の中で、佐竹家十八代当主義重は、天正四年（一五七六年）初頭から、独自に信長との音信を通じ始めていた。

謙信を見限り、信長と音信を開始するにあたって、義重は多くの家臣らの反対にあった。冷酷無比と伝わる信長に与すれば、いずれ、御家が滅ぼされるのではないかとの不安が家中に渦巻いていたからである。

「当家の者どもは腰抜けばかりじゃ。たかが信長如きに足が竦んでおる」

義重の物言いに常陸太田城を訪れていた太田三楽斎道誉は大笑した。

太田三楽斎道誉は太田道灌の曾孫にあたる。道灌伝来のいくさ巧者として、その名は広く関東全域に知れ渡っていた。嫡男氏資《うじすけ》が北条方に寝返り、自城の岩付城を追われて以来、佐竹の客将として次男梶原政景《かじわらまさかげ》とともに常陸南部の守りを義重から任されている。

「信長は尾張、美濃、近江、越前、加賀を制し、尚も丹波、丹後、はたまた中国播磨攻めをも始めようとしております。信長が天下布武を唱えている今ほどを踏まえれば、意を通じることは当然の成り行きでござる。ここは、何も、躊躇うことなどありませぬぞ」

その道誉の進言に、義重はにたりとした。

「心配はいらぬ。すでに独断で何通もの書状を信長の許へ送っておる」

それを聞いた道誉は、流石は館殿とばかりに再び破顔した。

天正四年の夏のことである。佐竹義重からの数度にわたる書状を受けて、関東情勢を知り得た織田信長は、返書として義重の官位執奏を伝えてきた。

信長による官位推挙は歴代将軍が執り行っていた地方大名の執奏に倣ったものである。これにより、義重は従五位下、常陸介に任ぜられた。今や、天下を治めんばかりの信長の執奏を受けて、義重はいち早く信長との同盟を結ばなければならぬ構えとなった。

そこで義重は近臣らと評議し、官位執奏の礼状を信長の許（近江安土）へ届けることにした。この礼状には、佐竹が関東諸豪族の中でいち早く織田との連合体制を敷いて、織田、徳川軍の北条領地侵攻に併せた挟撃態勢を造り上げる旨の文書も添えられていた。

義重はこの礼状の使者を果たして誰にするか、密かに道誉を交えた側近らと話し合った。

「この使者は並の者では務まらんかもしれぬ」

道誉が深く頷いた。

「道中、風魔や乱破が蔓延《はびこ》っておる上に、途中、武田や徳川の領地も通らねばなりませぬ。それに、あの信長に謁するとなると、並の肝玉では務まりませぬぞ」

興奮気味の道誉の言葉にふむふむと頷いた義重は、自らの額の金瘡をぽりぽりと掻きながら暫し思案顔となった。すると、突如として、眦をつり上げて道誉を見据えた。

「……犬次郎、いや重経（下妻城主多賀谷重経）では如何か」

それを聞いた道誉も、思わず頷いた。

「それがしも彼の若武者を推挽いたす所存でござった。彼の者は、何事にも動じぬ希な逸物でござる。あの若さながら、天満宮のいくさでは北条相手に一歩も引けをとるどころか、氏繁《うじしげ》親子を追いやる猛撃を見せおった。まこと、父にまさる若武者じゃ」

多賀谷氏は、長く結城氏の与力衆であったが、重経の父政経の代で北条に与する結城氏から離反して佐竹と結んだ。重経は幼名犬次郎で、元服後は暫く尊経《たかつね》と称していたが、佐竹義重の命で太田三楽斎道誉の娘を娶った折りに、義重からの偏諱《へんき》を貰い受けて重経と名乗ることになった。この縁組みにより、父政経から続いている佐竹、多賀谷の同盟関係が一層強固になった。

父政経死去後、多賀谷家当主となった重経は、天正四年、初めて自らの軍配によるいくさに出陣した。いわゆる大生郷《おおのごう》天満宮のいくさである。

この年、北条氏政は、跡を継いだ重経を侮って多賀谷氏征伐に乗り出し、湯田に砦を築いて、大生郷天満宮を焼き払った。尚も、その跡地に天神城を築いて、多賀谷勢に対する砦とし、一門衆の北条氏繁《うじしげ》、氏舜《うじきよ》父子に守らせた。

しかし、果敢にも重経は反撃を開始。飯沼地域の地理には殊のほか詳しい重経は、まずは麾下の渡辺周防守に湯田砦を襲わせ、自らは鬼怒川下流から迂回して天神城と砦を分断した。この事態に天神城の氏繁父子は、城から出て重経の部隊に攻め寄ったが、逆に重経はこれを押し込んで、そのまま城に突入し、天神城を攻め落とした。強引な攻めに氏繁父子は為す術も無く守谷城に敗走するはめとなった。

頬に刀傷を負うほどの激戦を制し、猿嶋《さしま》の地を手に入れた重経は、以後、父以上の強者《つわもの》と周辺国人衆らに一目置かれることになった。

さて、この妙案となった使者の件を伝えんと、早速義重は下妻城の重経を太田城に呼び寄せた。

「犬次郎。いや、重経。息災であったか」

太田城に呼ばれた重経は、大柄な体を小さくして、窮屈そうに平伏した。

「おぬしを使者に命ずる。おだの許へ参れ」

「は？」

「おだはおだでも、蝮（小田天庵氏治《てんあんうじはる》）ではないぞ。天下人織田信長じゃ」

「！」

切れ長ではあるが、愛くるしい目が見開かれ、体の割には細面の顔が、次第に赤らんでいった。

――織田信長。

並の者なら、そう聞いただけで脅えや戸惑いで尻込みなどするものだが、重経は違った。

重経は信長に憧れていた。彼の長篠の戦いにおける銃撃戦法が東国にも知れ渡った折り、信長への憧憬は膨れあがっていた。

——信長に会えるのだ。されば、あの、長篠の釣瓶打ちを問うてみたい。

「どうした、重経。顔が赤いぞ」

そんな義重の言葉も耳に入らず、上気した顔で握り拳を振るわせていた重経は、突如、おっしと気合いを入れて真一文字に義重の顔を見詰めた。

「恐悦至極。この重経。その大役をお受けいたしまする」

臆することない重経の態度に、義重は思わず大笑した。

こうして、信長への使者が多賀谷重経と決まって間もなく、重経の舅にあたる三楽斎道誉が結城晴朝《ゆうきはるとも》の結城城へ赴いた。

結城氏は彼の結城合戦以来、永らく関東公方の奉公衆であった。ところが、その関東公方が小田原北条氏の手の内となると、結城氏もやむなく永禄初年（一五五八年）より、北条氏に服属していた。

結城城に着いた道誉は早速、晴朝との会見を望んだ。敵対しているとはいえ、ふたりは旧知の仲である。

単騎での来訪に些か呆れた晴朝であったが、躊躇せずに道誉を城内へ通した。

本丸舘でふたりは久しぶりに対面した。

「本日、それがしがなにゆえ参ったのか、すでに解しておられよう」

晴朝がにやりとした。

「大方の見当は付いておるぞ。三楽斎道誉殿」

「信長は本気ですぞ。明日にでも、大軍を率いて北条を組み伏せに参るやもしれませぬ」

「それは威《おど》しか」

今度は道誉がにやりと眇めになった。

「そう捉えられても結構」

晴朝の顔が次第に紅潮し始めた。暑くもないのに、袂から扇を取り出し仰ぎ始めた。

尚も、道誉は押し切るように言葉を続けた。

「もう間もなく、佐竹と織田は同盟の運びとなろうこと。使者が安土へ向かう手筈となっておる」

「使者も決まっておるとは、さすがに鬼（佐竹義重）は手が早いの」

「使者は多賀谷尊経改め、重経でござる。いや、犬次郎と申した方が分かり易かろう」

「い、犬次郎とは！　馬鹿な」

俄に、晴朝が震えだした。多賀谷家は先代の政経の時に結城家を離反したが、離反以前は、幼少の重経は結城家の質子《ちし》（人質）であった。それゆえ晴朝は、その憎々しい幼顔がすぐに浮かび上がった。

その頃の重経こと、犬次郎は腕白盛りで、主家にも拘わらず、悪戯を繰り返した。晴朝が養子に入るときに譲り受けた大切な茶器類を、晴朝が留守の間に悉く打ち壊した。流石に、この時は、温厚と謳われている晴朝も体を打ち振るわせ、怒気を露わにした。それ以来、晴朝は犬次郎に極力、注意を払い、その挙動を近侍らに監視させた。それでも犬次郎は、懲りずに仏間を荒らしたり、鉢を割るなどの悪戯を繰り返した。そのたびに晴朝は犬次郎に敵意を抱き、ついには堪忍袋の緒が切れて、政経に犬次郎を引き取らせ、一切の出入りを禁じた。

その後ほどなく、景虎（謙信）の関東出馬に併せて政経が結城家を離反したため、晴朝は憎々しい犬次郎の顔を見ることもなくなったが、今度は、敵方の暴れ馬となった重経と刀槍を交えることになり、益々、晴朝の心中は穏やかではなかった。その上、昨今の重経の評判を聞くに付け、憎々しい思いが沸き上がるのだった。

暫く、上気した顔で震えが続いていた晴朝も、やがて気が抜けたようにぐったりとした。

そしてぽつりと洩らした。

「……犬次郎と手を結ぶことなど、身の毛もよだつ思いじゃ。……が、鬼が織田と手を結ぶとなれば話は別だ。……そろそろ潮時かもしれぬの」

道誉が深く頷いた。

こうした道誉の説得もあり、長らく北条傘下であった結城晴朝は、この天正五年(一五七七年)四月、北条との手切れを決意した。早速、道誉から依頼を受けた結城氏与力衆の水谷勝俊《みずのやかつとし》の斡旋で、宇都宮広綱の次男七郎朝勝が結城家の次期当主として養子入りした。これによって、結城晴朝の関東北部連合への加入が確定した。

天正五年前半を終えた時点で、佐竹を盟主とした同盟に加わった国人衆(城主)はおおよそ以下の如くである。

常陸、下総衆　佐竹(盟主)　多賀谷　小野崎　真壁　江戸　宍戸
　　　　　　　大掾《だいじょう》　太田　梶原　鹿島　島崎
下野衆　宇都宮　芳賀　益子　塩谷　乳母井《うはがい》
　　　　那須氏　上三川　茂木　武茂《むも》

南奥衆　岩城《いわき》　白河
その他　里見

これに　結城家とその与力衆水谷、山川、岩上らを加えて、義重はこの反北条連合体を関東北部連合と名付けた。

連合体制が出来上がり、いよいよ追い風と見た佐竹義重は、更なる信長との関係を深めようと、引き延ばしにしていた官途奏請の返礼を、多賀谷重経を使者として安土へ向かわせようとした。だが、その年の後半から翌年に掛けて、警戒感を深めた北条氏政は猛攻撃を仕掛けてきた。

連合の中でも主力の宇都宮広綱、那須資胤《すけたね》らを始め、離反する者が続出し、義重は窮地に陥った。それに加え、安房の里見義弘までもが、北条の出城有木城の攻略に失敗し、ついに北条との和睦を受け入れたため、義重は信長への返礼どころではなくなった。

事態は尚も悪化し、越相同盟以来、上杉派に戻っていた上野の桐生城主由良成繁《ゆらなるしげ》、館林城主長尾景長氏、厩橋《まやばし》城主北条高広らが揃って離反、更には、連合に加わったばかりの結城城城主結城晴朝までもが動揺したか、連合から離脱した。危機に直面した義重は急遽越後へ援軍を要請したが、要の謙信は越中まで延びてきた織田勢とのいくさに追われる状態で、とても関東まで手を回せる状況ではなかった。

尚も、それまで佐竹との同盟を結んでいた南奥白河義親は、北条傘下の常陸藤沢城主小田天庵氏治に使嗾され、突如、同盟を破棄したのである。その結果、義重は、奥州南郷の大半を失った。

将に、天正五年後半の義重は、四面楚歌の状態に陥ったが、その年の九月、越後の謙信が、越中手取川で織田軍を打ち破ると、白川氏の後ろ楯である南奥の蘆名盛氏《あしなもりうじ》が佐竹と一時和睦し、義重は危急を凌いだのである。

しかし、未だ、劣勢著しい状況であったため、連合にとって主力とも言うべき多賀谷重経を安土に向かわせるわけにはいかなかった。

止むをえず、佐竹義重は信長への返礼時期を引き延ばすことにして、劣勢の回復に努めた。

そんな中、道誉は片野に重経を呼び出した。帯郭《おびぐるわ》で未だ早朝から弓の修練に余念のない馬上の道誉の許へ、重経が早足で駆け寄った。

「おう、来寄ったか」

そう言い放った直後、俄に腰の空穂《うつぼ》から矢を引き抜き、目一杯引き絞って射かけた。

放たれた矢は、駆け寄る重経の鬢を掠めて後方の杉に突き刺さった。

駆け寄る重経は一向に動じる様子もなく、道誉の前に罷り出て、蹲踞した。

「流石は多賀谷の当主じゃ。ぴくりともせぬわ」

「父御殿が射損じることなどありますまい」

馬から下りた道誉が、重経の前で安座しながら申し渡した。

「まだ、鬼殿（佐竹義重）の許しも得てはおらぬが、信長との連合体制は火急を要する。鬼殿へは、儂が申し上げておくゆえ、おぬしはすぐに安土へ参れ」

そう言い終えて、一つ書状を重経の前に差し出した。それを手に取った重経は驚きの表情を浮かべ、道誉を見据えた。

「信長からの書状じゃ。儂を直参とするらしい」

「直参！」

「そうじゃ。関東支配において、取次ぎ役を欲しておるらしい」

「父御殿はお受けするのでござりまするか」

道誉は眇めとなってきっぱりと告げた。

「いや、受けはしない」

「それでは、信長は佐竹を取り潰すかもしれませぬ」

「その時はその時よ。いいか、わしが直臣となれば、信長は佐竹家も配下に収めようとするであろう。さほどの迷惑を宗家にかけるわけにはいかぬ」

「……」

「心配いたすな。儂は終生、佐竹家への恩は忘れぬ。じゃが、北条を取り潰すためには、信長の懐へも入らねばならぬ。そこでだ」

重経が道誉の顔に見入った。

「おぬしも一刻も早く信長の許へ参り、直参を所望するとよい。なれば、連合への道筋も鮮明となろう」

――信長の直参。

これほど、関東の侍にとって魅惑的な言葉はない。今や、朝廷までも意のままにした天下人の直臣。関東の武士でいち早くその待遇を得ることになれば、北条方からも一目置かれることになる。

「関東は儂に任せておけ。おぬしの居ぬ間に蝮（小田氏治）の城のひとつやふたつは儂と美濃守（梶原政景、道誉の次男）で落としてみせよう」

道誉の勧めもあり、重経は信長謁見に向けて気がはやったのだが、その後の関東情勢は大きく局面が変わり、重経の安土訪問が叶うことはなかった。

3　謙信の死

　翌天正六年に入ると、前年に上杉軍が手取川で織田軍に勝利したことから、南奥諸国が蘆名に倣って佐竹義重と和睦し、また、離反した白川氏も義重次男の喝食丸《かつじきまる》入嗣を受け入れて実質佐竹氏傘下となり、義重は一息ついた。しかし、未だ劣勢は変わらず、予断を許さない状況であった。

　そのため、依然として、義重は重経の安土訪問を取りやめていた。そんなある日の太田城である。

「重経よ。ふたたび大いくさとなるぞ」

「御意でござりまする」

「本日、おぬしにとっては悲しい報せじゃ」

　重経が何事かと義重を見上げた。

「何とか、おぬしを信長の許へやらせたかったが、こうも、北条の攻めが執拗とあらば、致し方ない。今、おぬしが西上すれば、常州南部の守りは手薄となろう。流石に三楽父子だけでは荷が重すぎる。されど、そうも信長への返礼を先延ばしにはできぬ。そこでじゃ」

不安な表情で重経が次の言葉を待った。

「別の使者を立てることにした」

重経が白目を剥いて問い質した。

「誰でございますか？」

「まだ、決まってはいないが、和田掃部助《わだかもんのすけ》あたりが妥当であろう。知っての通り、儂は彼の者に手痛い仕打ちをした。気晴らしに西方へやらすつもりじゃ」

和田掃部助は、元亀二年（一五七一年）に突如、佐竹に背き、白川結城に寝返った。義重は怒り収まらず掃部助の一族を皆殺しにした。しかし、その後、この寝返りの一件が讒言と分かり、掃部助は戦功を挙げて佐竹に帰参している。

使者が和田掃部助と聞いて、重経は落胆した。わなわなと体が震え始めた。

「異存は無かろう」

そう義重が告げた時、重経の目から泪が滑り落ちた。そして、瞬く間に号泣となった。

「泣くこともなかろうに」

あきれ顔で義重が席を立った。

「……お待ちくだされ」

鼻水の混じった涙声である。

「使者の件、この重経におまかせあれ」

義重が眉宇を曇らせながら振り返った。

「適当な者がおるのか」

「菊地越前守に参らせまする」

「あの芸能者か」

ほうと意外な顔付きの義重も、すぐに納得した。

「ふむ。彼の者ならば、どこの領地であろうが素通りできるであろう。それに京や堺の商人にも顔が利く。案外に適任かもしれぬのう。……だが信長に謁することは叶わぬだろう」

重経が義重を見上げた。

「なにゆえで？」

「格下すぎる。大名ならいざ知らず、ただの陪臣《またもの》じゃ。信長が謁見を許すはずもない」

「それでは手を尽くすしかありませぬ」

「何か策はあるのか」

「……いえ。ありませぬ。ありませぬが……」

義重が額の金瘡をさすりながらにやりとした。

「では、おぬしに任そう」

「承知仕りました」

重経が一度礼をして顔を上げると、すでに義重の姿はなく、ただ遠く足音が聞こえるだけであった。

こうして急遽、安土への使者が別の者に代わった。下妻に帰った重経は、落胆しながらも、あれやこれやと策を練った。自らの家臣が使者となるのならば、多少の無理が利くと踏んだ。

重経は幼少時から負けん気が強いせいか、刀術や槍術の厳しい鍛錬を続けてきた。だが、鉄砲の威力を知ってからは、その魅力に取り憑かれた。鉄砲がいくさには不可欠であることを早々と認識し、折りある事に買い揃えていった。

自らが率先して射撃法を習得し、家臣や軍役を課した農兵らにも教えた。

しかし、実戦での銃の扱いはいろいろな点で難しく、射撃の技術ばかりか銃撃の戦闘態勢や進撃の方法までも学び得なければ、いくさに勝てる見込みはつかなかった。

そんな中、西国から、織田信長率いる銃撃隊の凄まじさが伝えられた。

絶え間ない銃撃で武田の騎馬隊を潰滅させ、織田軍の大勝利となった彼の長篠の戦いである。

このいくさで、信長が使った鉄砲の連射攻撃が、重経を魅了し虜《とりこ》にした。

――是非とも、あの釣瓶打ちの方法を知りたい。

こうした思いは日を追うごとに強まり、やがて、それは信長への憧憬へと変じた。

――なんとしても、信長本人から、教えを請いたい。信長は神様じゃ。

この重経の夢は、信長への使者として叶えられるはずであったが、北条の執拗な攻撃で儚く消え去った。だが、未だ、一縷の望みがあった。

数日、不眠不休で思案を重ねた末、ついに重経は良案を得た。

早速、下妻城に菊地越前守長二郎を呼び出した。

「越前。大役を申し渡す」

長二郎が平伏した。

「佐竹の礼状を安土信長の許に持参いたせ」

長二郎の目が見開かれた。

「佐竹の使者じゃ。大仕事じゃぞ」

「……」

長二郎は無言である。

「なんじゃ、怖じ気付いたか」

「いやいや、そういうわけではございませぬ。それがしのような田舎侍では、信長に拝謁などできますまい」

「こら、そなたが田舎侍なら、わしは何じゃ。田舎大名か」

「ははは、これは失礼をば」

「まあよい。実は秘策がある」

「秘策？」

「鉄砲じゃ」

「鉄砲？」

「そうじゃ。これから、北条とのいくさは激しさを増す。それには、鉄砲が不可欠じゃ。

わしは佐竹に引けを取らぬ鉄砲部隊を造り上げる」

「それは何とも頼もしい限りでございます。して、如何ほどの部隊を」

「千じゃ」

「千！」

流石に長二郎も驚いた。長二郎は以前にも二度ほど銃の買い付けに上洛していたが、千という数字は桁違いであった。この時代、東国では、千もの鉄砲部隊を造り上げている大名は北条氏と佐竹氏だけである。

「信長は膝元の国友で多量の銃を製造している。そこで、こたびの買い付けを信長に打診してみることにした」

「なるほど」

「多量の銃の買い付けを聞き入れれば、信長は必ず、興味を示すはず」

「委細承知しました」

辞して部屋を出ようとした長二郎を、重経は慌てて呼び止めた。

「まて、まて。本題はこれからじゃ」

何事かと長二郎が座り直した。

「彼の長篠じゃ」

「長篠？」

「あのいくさの銃撃法を聞いて参れ」

「の、信長からでございますか」

重経が深く頷いた。

「それは、まことに難題でございます」

「まあ、そう申すな。大量の銃の発注に併せて信長を褒め上げれば、必ず聞き出せるはずじゃ」

果たして、そう事が上手く運ぶかとの不安は大きかったが、それより数日後の三月朔日、長二郎は気を奮い立たせて安土に向かったのである。


ほぼひと月後。上気した顔で越前守長二郎は帰国を果たし、早速、下妻城本丸館で重経と面した。

「何、信長が馬を所望したか」

「はい。信長は大層、駿馬を好み、全国から名馬を採り集めていると聞いております」

「それは上々じゃ」

二十一になったばかりの若武者重経が、嬉しさの余り四十にもなろうとする長二郎の肩を揺さぶった。

「喜べ。つまり、信長は鉄砲の件を了解したのじゃ。馬を鉄砲の謝礼に求めたのじゃ」

「まこと、喜ばしきこと」

「そなたの御陰よ。よくぞ大役を果たした」

長二郎は感無量となった。

「して、例の件は如何じゃ」

途端に長二郎は暗い表情となって、二、三度首を振った。

「……そうか。やむをえぬの」

がっかりした重経であったが、直ぐに気を取り直して席を立った。

「それでは、早速、鬼殿（佐竹義重）に報告じゃ。一緒に参れ」

承知して立とうとした長二郎が、ふと思い出したように告げた。

「しかし、信長は随分と神経が細やかな御方でございますな」

「何、神経が如何した？」

「いや、それがしが様子を窺っている間中、右足を揺すっておりました」

「ほう、信長にはそんな癖があるか」

「なにやら、滑稽でございました」

「面白い。それも土産話となろう」

ふたりの哄笑がしばらく続いた。

翌朝、ふたりは馬を走らせ、常陸太田城へ向かった。

城に着いた夕刻、ふたりは城内が不穏な気に包まれていることに気付いた。往来する家臣らの所作が、何やら慌ただしい。

不審な思いを抱きながら、ふたりは佐竹義重にまみえた。義重の厳しい顔にふたりは何事かと緊張した。

「謙信が死んだ」

いきなりの義重の言葉にふたりは言葉を失った。

——あの越後の軍神が死んだ！

天正六年、三月十三日。不識庵こと上杉謙信死去という報は、関東の佐竹義重の許に十日ほどで届いた。

天正四年五月の最後の越山以来、北部関東連合の要請にも拘わらず、謙信は越後で沈黙していた。あの越相同盟以来、佐竹を中心とした関東北部連合との溝ができた謙信であったが、義重は、何れ、近々、失墜した信用を取り戻すべく、また、恒例の北条領土の乱取り、苅田、焼き討ちのために再びの越山があることを見越していた。それが、いきなりの訃報である。義重を含め、家中の驚きは大きかった。

義重の話によれば、謙信が死去したのは三月十三日。丁度、長二郎が信長の鷹狩りを見に行った日であった。

厳しい義重の表情に圧倒されて気が付かなかったが、義重の左方に先客がいた。重経の舅となる片野城主太田三楽斎道誉である。

重経が道誉に一礼すると、道誉はいてもたってもいられないとばかりに、ふたりの前に歩み出た。

「重経。使者が戻ったそうじゃな。信長とは謁見できたのか」

「はい。運良く鷹狩りに興じている信長公に面謁できたようでござりまする」

「して、信長は如何様に申しておった」

道誉はすでに謙信公の死を受け入れていた。長年の関東と越後の取次ぎ役として、謙信への感懐は計り知れなかったが、すべてを受け入れて、新たな一歩を踏み出そうとしていた。それゆえ、今では信長の動向の方が気掛かりであった。

「長二郎の話によりますれば、信長は武田、北条討伐をすでに計画しており、早い時期に我が関東北部連合とも盟約を結ぶとのこと。信長は東西からの挟撃を企てておるようでござりまする」

義重と道誉はそれを聞き取ると、やはりと頷いた。

「ならば、時期を見て、再びの使者を送らねばならぬ」

「その折りは、是非ともそれがしにその大役を申し下され」

「今でもおぬしは、信長に会いたくてしょうがないのだな」

「はい」

重経の顔が赤らんだのを見て、義重と道誉が見合って笑った。

「それはさておき、謙信公の死はまことのことでござりまするか」

重経が改まって義重を見詰めた。

義重は落ち着いた面持ちで頷きながら、最前から膝前に置いてあった書状を重経の前に押し出した。重経がそれを手に取り黙読するや、驚きの声を上げた。

なんと、その書状は、信長からのものであった。更に、そこには、謙信の死を悼しむ言葉が並べられていた。

「な、なにゆえ、これほど早く、謙信公の死が信長に知れたのでござりまするか」

「なあに。織田、徳川には、手下（乱破、細作）が大勢おろう」

道誉が頷いた。

重経は西方勢力の優れた諜報網に脅威を覚えた。

「信長の東征は謙信の死によって、如何様になろう」

道誉が眇めで義重に躙り寄った。

「恐らくは、暫く、越後の状況を見入ると思われまする」

義重も天井を睨みながら頷いた。

「それよりも、こたびの謙信公の死去で、武田がどう動くかでござりますな」

「武田！」

意外な顔つきの重経を余所に、義重も頷いた。

「越後にはふたりの後嗣がおる。その内、どちらが家督を継ぐ、いや奪い取るかによって、様相が変わることになろう」

謙信は生前に嗣子を告げずに逝った。ふたりの後嗣とは、長尾政景の次男で幼年から謙信の養子となった景勝と、越相同盟の折り、質子《ちし》として謙信の養子となった北条氏康の七男景虎である。

そのため、家中は、景勝派と景虎派に分かれ、早々と対立し始めていた。こうした越後の内情は、すでに諸国の大名らが放っている手下によって、早々と知れ渡っていた。

「景虎が継ぐことになれば、さだめし北条は一気に優勢となろう。なれば、この佐竹も信長の力を仰ぐしかあるまい。とても今ほどでは事足りぬ。一層の関係を深めねばならぬ」

「御意」

道誉が平伏した。片野城主三楽斎道誉は、上杉景勝ばかりか、信長との取次ぎ役までも義重より命じられていた。

「それにしても、信長は大層、欲張りでおることこの上ない。道誉殿、及び美濃守政景までも直臣に所望しておる」

「直臣！」

思わず、重経は声を出してしまった。そう言えば、重経もまた、信長から直臣を打診されたと長二郎から報告を受けていた。

重経の戸惑う顔を横目に義重が笑みを浮かべて告げた。

「それはそうと、重経。買い付けは上手くいったか」

「はい」

重経が嬉しそうに答えた。

「何挺ほどか」

「まずは五百」

「うむ。上々じゃ」

ふたりのやりとりに道誉が唖然とした。重経は道誉には鉄砲買い付けの話はしていなかった。

「五百とは、何とも頼もしい数でござりますな」

「なあに。こやつはわしと肩を並べるつもりじゃ」

「すると、重経も一千の鉄砲部隊を？」

「そうじゃ」

「これは目出度い。流石は重経。大物じゃ。わはは」

道誉が笑い出した。義重も釣られて白い歯を見せたが、直ぐに真顔となった。

「まずは、越後の跡継ぎじゃ。景勝からの要請あらば、南奥の勢力を加担させることも考慮せねばならぬ」

一転して、鬼のように眦を吊り上げた義重が、そうふたりに言い渡した。それより、道誉と重経は越後の動向に備え、それぞれの城へ戻り、何時でも出馬できる態勢造りに取り掛かった。

4　関東北部連合の反撃

上杉家の後継者争いは、大方の予想通り、その年の五月に勃発した。いわゆる御館《おたて》の乱である。

元関東管領上杉憲政の居館、御館で景虎が軍を蜂起させたためにこの名がついた。

景虎有利と思われていたこの越後の家督争奪戦は、義重の懸念とは裏腹に、景勝側の勝利となった。

これは、謙信死去直後、景勝が謙信の遺した春日山城の財宝を押さえたことが大きかったが、それに加え、事前の上杉家近習樋口兼続による武田家への和睦交渉が成立したためである。武田がこの和睦を呑んだのには、上杉からの多額の財宝贈与があったためであるが、その他にもう一つ大きな理由があった。

この時期、佐竹の客将太田三楽斎道誉は、信長には秘して武田勝頼へ同盟を促す書状を送っていた。それは次のような文面である。

――上杉跡目争いのこと、景勝方にお味方頂ければ、武田、上杉、佐竹の同盟と相成らんことこの上なき好事。上野切取りご勝手となり候。

この上野切取り勝手自由が功を奏したか、勝頼は使者高尾伊賀守を通じて三楽斎道誉へ、北条との関係を破棄し、上杉との和睦を受け入れる旨を伝えてきた。

道誉がこのことを義重に伝える前に、すでに勝頼は兼続の申し出を正式に受け入れ、上杉、武田の和睦が成立したのだった。

その結果、景虎は窮地に陥り、北条氏の救援を待たずに自刃に追い込まれたのである。

こうして越後から北条勢力が淘汰されたことは、佐竹を盟主とする関東北部連合にとって不安が取り除かれた形となった。尚も、事態は連合に有利に進んだ。

和睦後、上杉は、速やかに武田と姻戚を築き、同盟の運びとなったのである。事実上、武田は上杉のみならず、すでに上杉との同盟を築き上げている佐竹とも連合体制に入った。

道誉が描いていた通りの同盟が成立したため、北条は武田とのいくさに兵を割かなければならなくなり、関東北部の侵攻を一時中断せざるをえなくなった。

この機を追い風と見た義重は、早速、西方からの武田の攻撃に呼応する形で上野東部への侵攻を目論み、出撃態勢を敷いた。

ようやく動き出した佐竹義重とは裏腹に、多賀谷重経は、御館の乱勃発直後から、常陸南部に勢力を保つ北条方国人衆の切り崩しを始めていた。

まずは父政経の遺命であった常陸南部豊田氏の攻略である。

豊田城主豊田治親《はるちか》は土浦城の小田氏治麾下で、豊田郡全域を支配し、石下、向石下、古間木、金村、長峰などの諸城を有していた。父政経存命の天正二年頃から、間者を使わし、家臣らを内応させていたため、この六年四月の段階で豊田家内部はすでに分裂していた。

ここは一気に攻め入るべしと弱冠二十一の重経は気がはやったが、宿老人見右京亮らに諫められ、内応策に委ねることにした。

案の定、豊田家の老臣飯見大膳は、多賀谷家の家臣白井全洞から持ちかけられた多大な恩賞話に上手く乗せられ、主君の治親を殺害した。重経は、その日のうちに、大膳を捉えて討ち取り、主家殺しとして、鬼怒川大宝ノ堤にその首を晒した。

主が殺された豊田城では、重経を迎え撃って籠城したが、重経は鬼怒川の堤を切って水攻めを決行した。そのため、豊田氏の後ろ楯である小田氏治の救援が間に合わず、城はあえなく落城し、豊田氏は滅亡した。その家臣らの多くが多賀谷重経の家臣として組み込まれていった。

父政経の悲願であった豊田氏を滅ぼし、豊田領並びに家臣らを手にした重経の手腕は、佐竹義重に高く評価され、また、周辺豪族らにも知れ渡った。特に警戒を深めた対抗勢力の雄、小田氏治は、急遽、多賀谷氏への対策を講じるために評定を開き、結果、支援を北条氏に求めることにした。

以来、重経は、常陸南部の最前戦で北条勢力と戦い続けることになる。

豊田氏を滅亡させた重経は、休む間もなく、義重より上野へ出馬を命じられた。

「流石は鬼殿じゃ。いくさ好きのそれがしの気性をよくご存じだ」

豊田とのいくさで不完全燃焼の重経は、疲れも見せず、三日ほど下妻に在城しただけで、再び上野侵攻を始めた義重の軍に合流するため出馬した。

勝頼率いる武田軍の北条領土への侵攻により、北条の軍勢は各方面に振り分けられ、局地戦が勃発した。佐竹にとっては、この戦局は追い風となり、後巻まで支援要請できぬ北条麾下の上野の諸城らは、義重を盟主とする連合軍の猛攻を受け続けた。

この猛攻を受けて、離反していた厩橋城の北条高広、那波城那波顕宗が立て続けに降伏し連合軍に屈服した。

連戦にも拘わらず連合軍には疲れもなく、意気は上がっていた。次なる城攻めは、昨年北条方に寝返った由良氏の金山城である。上野の有力国人衆由良成繁を再び連合側へ引き入れることは、義重の上野侵攻にとっては、最も重要な課題であった。そのため、この城攻めは失敗が許されず、義重は、急遽、常陸南部の切取り中であった下妻の重経を引き連れての進軍となった。

そんな陣中のこと。

陣営では白兵らに戦捷《せんしょう》の振舞酒が行き渡り、浮かれ唄が聞こえていた。だが、法堂を利用した陣幕内では、緊張した空気が流れていた。

「盛んにあの蝮（小田天庵氏治）は、上野諸将らを誑かしておるようじゃな」

小姓が片口で注いだ酒を含みながら、義重は苦々しい言葉を洩らした。

小田氏は常陸南部を領している伝統的豪族である。源頼朝挙兵の折り、参陣した八田朝家を祖とし、関東八屋形の家柄で、氏治はその名門小田家十五代の当主である。この氏治の代で北条氏に与し、反北条を貫く佐竹氏麾下の国人衆らと干戈を交えていた。

「まこと、あの天庵氏治は蛇蝎《だかつ》の如き性分ゆえ、困り果てまする」

重経もまた、浮かれぬ表情で杯を片手にしていた。

「なにゆえ、三楽やおぬしは、あの蝮に止めを刺さん」

義重が鬼のように眦を吊り上げた。

「彼の天庵こそ、退き上手でござりますぞ。戦況が些かの不利に転じれば、戦法や態勢を立て直すこともせずに、直ぐさま退却の竹法螺を鳴らして退陣《のきじん》いたす有様。また、われらが追走いたさば、必ずや、土浦、木原からの援護隊が後方より攻め及ぶ始末。まこと匹夫の如き振る舞い、始末悪しきことこの上でござらぬ」

重経の言葉に座が一斉に嘲笑で溢れかえった。

義重はそれを聞いて、一気に盃を呷った。

「蝮はいくさを愛しておるのよ」

重経は、義重が何を申しているのか理解できなかった。

「あやつは、いくさで死ぬのが惜しいのじゃ。死ねば次のいくさができぬからの。再びのいくさができるとあらば、たとえ、武門の恥となろうが、尻尾を巻いて退けるのじゃ」

多くの城持ち大名が、戦わずしての退陣を武門の恥と見なす中、平気で背を向けて逃げ回る天庵を重経は以前より侮蔑していたが、今の義重の言葉から、意外に天庵のような武将が、この戦国の世ではしぶとく生き残るものかもしれぬと、腑に落ちた気になった。

「まあ。何れ、征討いたすが、それよりも、まずは金山じゃ」

金山城は、文明元年（一四六九年）、新田一族である岩松家純《いわまついえずみ》によって築城された大規模な山城である。戦国期に入り、城主岩松守純の家老であった横瀬氏の嗣子成繁が城を簒奪し、その後、由良氏と名乗った。由良成繁は、上杉と北条との狭間で揺れ動きながら、とうとう、永禄九年（一五六六年）には北条氏に服属した。越相同盟の折り、北条と上杉の取次ぎ役となり、北条氏政の意向を謙信に伝えた。しかし、こうした北条方の取次ぎ役を装いながらも、内実は、佐竹方の里見氏と、太田康資《やすすけ》を仲立ちとして音信を通じており、その立場は分明でなかった。

「あの御仁はあれでなかなか上手く泳ぎ回る。しかし、ここは、完全に連合に組み入れなければならぬ」

義重は小賢しいことは嫌いである。わざわざ金山まで出陣したのも、成繁の煮え切らない態度に業を煮やし、向背を決しさせる目的であった。

ところが、その老獪な由良成繁は、すでに退隠して桐生城に退いていた。籠城しているのは嫡男國繁である。

「まあ、まて。儂には策がある。やつをおびき出せばよい」

成繁が隠棲しながらも、実権を握っていることは誰の目にも明らかであった。無論、義重もこれを知り得ていたから、何としても落としたいこの金山城に成繁をおびき出し、親子共々屈服させる腹づもりであった。

一度に攻め込めば難なく落とせる城であったが、あえて義重はそれをせずに、包囲軍を数隊に分けて、日に数度の威嚇攻撃を繰り返した。

「今に、息子可愛さに桐生から援軍が駆けつけるはずじゃ」

ところが、義重の思惑通りに事は運ばず、意外な報が陣中に飛び込んできた。

――由良信濃守成繁死去。

この成繁の死で。もはや救援はなくなり、いよいよ総攻撃の好機を迎えたが、義重は動かずに國繁の出方を待った。

「さてさて、如何《いかが》したものか。せがれでは、らちがあかん」

そこへ、重臣の小田野義忠が跡目となる國繁の評を義重に伝えた。

「嫡男國繁は若輩ながら、知略に長けているとの評判がござりますぞ」

それを聞いた義重はかっと目を見開き、いきなり、鼻でせせら笑った。

「知謀如き、馬の糞ほどにもならぬ。怯える者ほど策を弄するものよ。なれば、このままでよかろう。開城は間もなくじゃ」

義重は、篝火が焚かれた陣中を見渡しながら、そう重経や側近らに説諭した。

翌日。義重の予想した通り、払暁とともに早々と國繁は、義重ら佐竹連合軍に向けていくつもの笠を掲げ、降伏を示した。

「見るが良い。ぶざまなものじゃ。知略に長ける者ほど、先々に不安を抱いて怯えるものよ。じゃが、戦わずしてひれ伏することは軍神を冒涜しておる。ええい。胸くそ悪いぞ」

義重は毛虫の前立てを揺らしながら憤慨した。

由良國繁の早い投降は、佐竹連合にとっては都合よきことであったが、義重にとっては、甚だ不愉快な出来事となった。

この義重の不機嫌はその後も募り、連合軍の攻撃が更に激化していった。武田軍と連携しながら、館林、小泉、新田を縦横無尽に焼き尽くした連合軍は、その勢いで膳城を陥落させ、城兵千人を見せしめとして殺戮した。

この鬼義重の処断に、恐れをなした館林城長尾氏、小泉城富岡氏が挙って佐竹連合に屈服し、北条は上野の国人衆を多数失うことになった。

「西方には、織田、徳川連合が我が佐竹と同調の構えを見せておる。されば、北条など恐るるに足らぬ」

この天正六年後半から、七年にかけての義重の猛攻は、一年ほど前の屈辱を晴らさんとばかりに劣勢を一気に挽回する激烈なものとなった。それは、上野侵攻においての武田との呼応態勢ができたためであったが、それよりなによりも、安土訪問で取り付けた織田、徳川連合の北条氏東征の確約が、義重の戦闘意欲を掻き立てていたのである。

「ところで、例の件、信長は喜んだか」

「御意。どうやら、気に入った様子でござりまする」

「これで、一層、信長と近うなったの」

義重の満足そうな顔を重経は仰ぎ見た。

丁度、義重の猛攻が開始された頃、重経は、坂東の名馬を献上するという信長との約束を無事果たしていた。重経は、この名馬献上の名目に、安土城落成祝いに加え、昨年の信長小姓長谷川秀一の口約への御礼も添えた。無論、口約とは、銃五百を国友から買い入れることだ。

馬は再び菊地長二郎によって信長の許へ運び込まれた。信長は重経から贈られた数頭の馬を大層気に入り、安土城の厩に常備した。この折り、長二郎は一枚の絵図を土産にと下賜された。なんと、それは、長篠設楽ヶ原における、織田軍の陣容が隈無く載っている絵図であった。しかも、端書きに細かな銃撃法までが箇条書きで記されていた。

改めて、長二郎は信長の懐の大きさに感嘆し、早速、主人重経に持ち帰った。

重経は絵図を受け取ると、はらはらと泪を流して歓喜した。直ぐに自らの部隊に取り入れ、北条とのいくさに備えた。

この重経の果たした役割は、佐竹、織田の同盟の機運を高めたかに見えたが、意外にも佐竹ら関東北部連合にとって想定外の結果を生むことになった。

重経の信長への名馬献上は北条方にほどなく知れ渡った。

――これで、佐竹らは信長との正式な同盟を申し入れるであろう。

関東北部連合の動きに警戒感を募らせた北条氏政は、負けじと連合の切り崩しを開始した。早速、切り取られた上野に向けて出馬態勢に入ったが、その機を待っていたかのように、武田勝頼、佐竹義重が東西から軍を押し進めた。

意外な状況に驚いた氏政は、戦略に迷いを生じたため、出馬を取りやめて、急遽評定を開いた。この評定は数日に及んだ。その結果、意外な評決となった。

「……この期に及んでは、もはや織田に付くしかあるまい」

この氏政の言葉に家老らは多大に動揺したが、信長勢のとどまるところ知らずの進撃を勘案すれば、自ずと、家老らの考えも一致した。

早速、氏政は織田、徳川の東国交渉役である小笠原貞慶《おがさわらさだよし》に使者を送り、信長への帰伏を表明した。この報は風魔により関東から諸国に行き渡った。

この北条の帰伏に、佐竹連合を含め、多くの関東諸将らは驚愕した。流石の義重も、上野の北条方の城攻めを中止し、一旦、兵を引き揚げさせることにした。

常陸太田城に戻った義重は、片野城の道誉を呼び寄せ、家老らとの評定の前に向後の行方を論じ合った。

「まさか、あの欲深い氏政が織田に降るとは」

義重の吐き出した言葉に、腕を組んだ道誉が眇めとなって、深く頷いた。

「まこと驚きました」

「織田の領国支配は徹底しておる。帰伏したところで、領地が削られることは目に見えている」

「それだけ、信長を脅威としておるのでござりましょう。されど……」

「されど、何であろう」

義重は道誉を見据えた。

「どうも、何か裏がありそうな気がいたしまする」

「裏とは？」

道誉はより眇めとなった。

「徳川家康でござる」

「家康？　織田と同盟しておる三河の徳川が、北条と通じておるとでも申すか」

「いや、いや。通じてはおりますまいが、こたびのいち早い信長への帰伏は、家康が仲立ちしたためと、ふと思い立った次第」

「……」

義重は沈思した。

「……あり得ぬ話ではないかもしれぬ。つまるところ、早い帰伏であれば本領安堵もあり得るなどと、家康に誑かされたのかもしれぬのう」

頷いた道誉が更に言い足した。

「織田、徳川連合の目下の敵は武田でござる。織田が北条を組み入れれば、武田の滅亡は早いものと思われまする」

義重は、開け放たれた舞良戸から、帰願寺の竹林を見やった。

「……すると、上杉はどうなるであろうか」

道誉は俯き、首を振った。

「武田と姻戚を築いた以上、信長は武田と併せて越後へ攻め入る所存でござろう」

再び、義重は沈思した。寸刻を経て、目を見開き、道誉を見据えた。

「ならば、織田に付くか。上杉、武田に付くかであるな」

すでに義重には答えが出ていることを察した道誉が嘆息まじりに言った。

「もはや、同盟どころではありませぬ。信長に詫びを入れなければなりませぬな」

義重は、長年の上杉との関係を清算せねばならぬ時期と覚った。

「まこと、不甲斐なきことなれど致し方ない」

義重がそう言い終わらぬ内に、急な暗転となって豪雨となった。

5　谷田部城争奪戦

北条氏が信長に帰伏表明したことで、佐竹ら北関東北部連合は、信長による関東進出を静観せざるをえない状況となった。信長との連合を考えていた佐竹義重は、次の信長の攻撃の矛先が、甲斐武田となったことで、勝頼との関係を再度見直す局面に入った。

そんな中の天正八年（一五八〇年）暮れ。重経の叔父である多賀谷経伯《つねたけ》を城主とした谷田部城が、突如、北条氏照率いる大軍に包囲された。

かつて谷田部城は、北条傘下となった岡見主殿《おかみとのも》の城であったが、重経の父政経が攻略して以来、佐竹、北条の勢力がぶつかり合う最前線の砦城となっていた。

この時期、北条氏政は、常陸南部の劣勢を挽回せんと、佐竹方となった諸城の回復に乗り出そうとしていた。その矢先、谷田部城が手薄であることを聞き入れた氏政は、早速、兵を繰り出すことにした。

岡見側で、足高、岩崎、板橋、小張城から兵を調達させた氏政は、それでも事足りぬと弟氏照までも出馬要請し、その精鋭部隊を付け与えた。十分な態勢の岡見、氏照の両軍は、城に多賀谷経伯の嫡男経明《つねあき》が不在であることを確認すると、それに託け、急遽、城を囲んだのだった。

突如の大軍に、城主経伯は、下妻に向けて狼煙を上げ、重経の救援出馬を要請した。狼煙に気付いた重経の許に、間もなく谷田部からの急使が駆けつけ、北条勢が大軍であることを告げた。それを聞き入れるやいなや、重経は奮い立った。

——あの城は父上が散々苦労して手に入れた城じゃ。そう易々と北条の手には渡さぬ。

「彦六郎。落ち着いて聞け。谷田部の父上が狼煙がを上げた。北条勢に城を囲まれたらしい」

たまたま、重経の許に剣術を習いに来ていた経伯の嫡男、彦六郎経明の顔が青ざめた。

「直ぐに、駆けつけねばならぬがこたび敵は大軍じゃ。十分に備えを立てなければならぬ。致し方ないが、出馬は、早くても翌、卯の刻となろう。それまで、そなたも十分に備えを立てよ」

経明は承知した。だが、その日の晩の内に、経明は単騎で谷田部へ向かった。抜け駆けに気付いた部下らが数騎でその後を追った。

翌早暁、経明の抜け駆けを知った重経は、朝の勤行も取りやめ、早急に出馬することにした。

——何という愚かな。単騎で何ができると言うのか。

仕度を調えながら、重経は急遽城下多宝院の住持独峰存雄《どくほうぞんゆう》を呼び寄せた。独峰は関東にいくつもの寺を創建した高僧で、下野佐野氏や常陸多賀谷氏の擁護を受けて幅広く活動していた。

多賀谷家では政経、重経二代に亘って独峰に帰依している。

その独峰を前にして、重経はいくさの吉凶を問うた。

「亀卜《きぼく》によると、凶と出ております」

平然と独峰が言上した。独峰は戦捷祈禱や調伏を得手とする。

凶と聞いても重経は、些かも動揺せずに天空を見上げた。

「なれば、これより祈禱を頼む。見よ。絶好のいくさ日和じゃ。独峰よ」

「仰せの通り。御武運お祈りいたしております」

出陣前のいつもの独峰の言葉に、重経は、自ずといくさへの闘志が湧くのであった。

ところがである。

出馬した直後に重経の部隊は思わぬ事態に遭遇した。

下妻と谷田部の往来道が、切り倒された杉の大木によって寸断されていたのである。

――くそ。これも、北条の仕業か。

隊列が渋滞していると、突如、銃撃音がした。

「身を屈めよ。敵がいるぞ」

だが、それ以上の発砲はなかった。

「これは、わしらの着陣を遅らす手だ。北条めが。こすからいことを」

重経は怒りが込み上げた。

「あやつ(経明)は父上を慮って気がはやっておる。無謀に飛び込めば、ひとたまりもない」

重経には、余り歳の変わらぬ経明の滾る思いがよく理解できた。それゆえ、重経もまた隊列が遮蔽物を避けて迂回する様を、焦れた面持ちで見やった。

丁度、その時分。経明は敵軍の包囲網を前にして、突入するか否か迷っていた。単騎ゆえ、敵兵になりすまして包囲軍に潜り込み、機を見て城内に入り込む策であったが、北条兵らは、みな手のひら大の三つ鱗を染め抜いた白布を識鑑として草摺に付けていた。

この時代。他軍の識鑑を真似て作らせ、それを付けて巧みに敵陣に紛れ込むことは日常茶飯事に行われていた。多賀谷家でも小田氏や岡見氏、北条氏などの識鑑を作らせ、常備していたが、この度の経明は、急な出先からの出陣のため、そうした類いのものを持たずにいた。

識鑑なしでは包囲軍に加わることができそうにないと判断した経明は、僅かな手勢と供に腹をくくった。

「見よ。北条の馬がいきり立っている。もう間もなく開戦じゃ。どのみち、敵軍に突入せねばならぬ。ここは、見事に散り花を咲かして、武名を残そうぞ」

僅かな手兵らも、槍を突き立て、闘志を燃やした。

包囲する兵士らが、それぞれに中食をとりはじめたのを好機とみた経明は、手兵《しゅへい》に向けて突進の合図を送った。と同時に経明自らが馬に鞭打ち、休憩に入った北条の包囲兵らの横っ腹に突進していった。

くつろぎかけていた北条の包囲兵らは、突然の出来事にあわてふためき、刀槍を構える間もなく討ち取られる者が続出した。

だが、所詮は手兵。直に事態に気付いた後続の北条兵が槍衾で攻撃に転じると、もはや、経明の小隊は前進することもままならない。その内に退路も阻まれ、あれよあれよという間に囲まれてしまった。

この状況を城内馬出から見入ってた経伯が、急遽、籠城を取りやめ、城からの出撃を決めた。

しかし、その経伯の出陣を読んで、大手門口では北条勢が銃口を向けて待機していた。そのため経伯は、なかなか城から飛び出せない。

「我が子を見殺しにするわけにはいかぬ。ここは討死覚悟で駆け抜けるぞ」

悲愴な面持ちで、経伯は部下らに下知した。

城兵が隊列を組んで、門の内側に並んだ。経伯の軍配が振り上げられ、門が開いて、城兵らが外へ駆けだした。

その途端、門の外で待機していた北条鉄砲隊の射撃が始まった。経伯の部隊は竹束を連ねて銃撃を防いだが、竹束を用意できなかった後続部隊は、次々に銃撃を受けて潰滅状態となった。

それでも経伯の部隊は、経明を取り囲んでいる北条部隊に迫り寄った。幟旗から父の出馬を知った経明は、決死の覚悟で包囲網を破ろうと槍を振り回しながら突進した。

だが、一間も行かぬ内に四方からの長槍を突かれ、それを避ける内にバランスを崩して落馬した。その途端、一斉に槍の穂先で取り囲まれた。

「もはや、これまで。父上。お先に」

短刀を抜いた経明は、僅かに笑みを洩らして瞬く間に頸動脈を掻き切り、絶命した。

北条兵の包囲網をなかなか崩せずにいた経伯は、息子の死を報されると、馬を捨て、槍を携えながら、ふらふらと単身で歩き出した。すかさず、放心状態の経伯へ北条兵の槍が突き刺さる。たやすく経伯の体は、城の西南に続く堀に傾いで落ちていった。


急遽、早朝に谷田部城救援に向かった重経であったが、氏直の計略により、幹線道が寸断されていたため、やむなく遠回りして鬼怒川沿いの堰堤《えんてい》や葦原を抜けた。そのため、谷田部城到着が大幅に遅れた。

重経の部隊が谷田部城の外堀に到着したときは、すでに城は落ち、経伯、経明父子の討死が明らかとなった。陽が傾いた城内では、すでに氏照による首実検も終わり、武具の始末や、兵の入れ替えが行われている最中である。

経伯父子の討死を聞き入れた重経の憤りは激しかった。北条の策略にかかったことを悔やんだ。

――酷い事よ。だが、見ておれ。このままでは決して終わらぬ。

重経の怒りが部下らにも伝わっていた。駆けつける途上、重経は、葦原をかき分けながら従兵らに檄を飛ばし続けてきた。そのせいで従兵らの意識は高まり、何時でも戦闘できる態勢が仕上がっていた。

「城を落としたばかりで敵は気が緩んでおる。攻め入る絶好の機よ」

重経の舅、太田三楽斎道誉は常々、重経の武才に惚れ込んでいた。

「あやつはいくさの仕掛け時、引き際を識っておる。あれは天性のものじゃ」

この日はすでに陽の入りが近い。城に居残っている岡見や北条の兵士らは朝からのいくさで疲れていた。まさか、重経の軍勢が攻め入るとは、誰も考えていない。

その気の緩みを重経は見逃さなかった。何の躊躇いもなく軍配を振り上げた。

ここまで走り続けてきた勢いに乗じて、重経の軍勢は木瓜一文字の幟を翻して怒濤の如く虎口に突入していった。

城を包囲することもなく、また休みも取らずの、重経のいきなりの攻撃に、城内は混乱に陥った。休憩に入っていた岡見主殿の城兵らは度肝抜かれ、急使を使わして、後陣の氏照の部隊に報せた。

突然の襲撃を聞き入れた氏照は驚いた。氏照の軍は上総の里見氏を警戒して、すでに谷田部を引き揚げ、守谷城に向かおうとしていた。

「今時分、一体、誰じゃ」

使番が言上した。

「下妻城主多賀谷重経の軍勢でござります」

「多賀谷重経め。気が触れたか」

氏照は、くつろぎかけていた兵士らにはっぱをかけて、再びのいくさの備えを命じた。

だが、重経は手早かった。

できたばかりの鉄砲隊五百騎を数隊に分けて、発砲しながら進撃した。

迎撃の備えが十分でなかった岡見配下の兵士らも必死の反撃を試みたが、重経の部隊の勢いに押されて、じりじりと後退するばかりである。

そこへ、急場しのぎで編制された氏照の鉄砲部隊が援護に加わり、重経の部隊に向けて発砲を開始した。

それでも重経は強気の姿勢を緩めず、更なる進撃を続けて、大手前の砦に迫った。

反撃激しく、鉄砲隊の一部が崩壊したが、銃の総数に優る重経の部隊は、北条、岡見の銃撃隊を潰滅させ、砦を突破した。

尚も重経の猛攻は止まらず、後退する北条、岡見勢をじりじりと追い詰め、ついには大手門を越えて城内に押し込めた。

ここぞとばかりに、重経は城内へも編隊を乱入させる。

北条兵らは銃を乱射して必死の抵抗を試みたが、竹束を楯にした重経の部隊は怯まずに突進を続けた。そして、いよいよ銃撃不能となる至近距離まで追い詰めると、今度は重経自らも前線に躍り出て刀槍を突き押して圧倒した。北条、岡見両兵の多くは討死し、残った者も一斉に城から逃走し始めた。

自軍の兵が城を捨てて逃げ始めたことを聞き入れた氏照は、もはや、いくさにもならぬと判断し撤退を決断した。ほどなく氏照の下知が行き渡った北条軍は、とっぷりと暮れた退路を辿っていった。

北条、岡見両兵を討ち払い、城を取り戻したことで、重経は大いに鬱憤を晴らした。しかし、損失も大きく、多くの重臣を失ったため、自慢であった鉄砲隊を再び編制し直さなければならなくなった。

この日。一日で二度、同じ城の争奪戦が行われたことになり、こうした事例は古今東西類を見ない。

この重経の快挙に関東北部連合は溜飲を下げた。特に佐竹義重は大いに喜び、早速、重経に太刀を下げ渡し、下総守と名乗ることを許した。重経は、結城を差し置いて下総守となったことで、いくさへの新たな闘志が湧いた。この谷田部城奪回によって、重経の驍名《ぎょうめい》は関東一円に広がることになった。

6　天下の行方と関東動乱

多賀谷重経が谷田部城を取り戻してから一年ほど経った天正十年（一五八二年）三月。名族甲斐武田氏が滅んだ。

前年、遠江の砦城高天神《たかてんじん》城が徳川軍によって落とされ、動揺した美濃の木曽義昌が翌年二月に織田方に投降すると、後は糸が解れるように家臣らの離散が相次ぎ、ついに重臣らにまで見放された勝頼は自害して事果てた。

圧倒的な織田軍の強さに北条氏政を含めた関東諸将らは信長の関東支配を受け入れざるをえなくなった。

「何やら、新たな関東管領が織田方より関東に下向するようであるな」

その年の五月。常陸太田城で、三楽斎道誉が多賀谷重経を引き連れて佐竹義重に面謁していた。

「やれやれ。信長の進撃は留まるところを知らぬ。上杉などは信長とのいくさで玉粋する覚悟でおる」

義重が差し出した上杉景勝の書状を、道誉並びに重経が厳しい顔付きで読み取った。

「信長の家臣で滝川一益《たきがわかずます》なるものがもう間もなく上野の厩橋に入るとのこと。一益は、元は紀州雑賀の上忍でござる。忍びが管領とは、関東も随分に甘く見られたものですな」

憤慨ぎみの道誉の言葉に義重が頷いた。

「まことじゃ。なれど、ここはひとまず恭順を示せねばならぬの」

道誉が眇めで同意した。

「されども、信長とて、いつまで頂に昇り詰めているかは分かりませぬぞ」

「ほう。信長も安泰ではあらぬか」

「家臣らは皆、信長を恐れておりまする。戦績如何では、何時、我が身に火の粉が降りかかるかと戦々恐々の体と聞いております」

すると、突如、隣に居た重経が笑い出した。

「何じゃ。下総守。如何いたした」

「あの信長公が怖いとは、織田の家臣らは腑抜けばかりでござりますな」

重経の大胆な発言に、義重と道誉は互いに顔を見合わせた。

「あの御方の機嫌の良し悪しは、足を見ていれば分かるとのこと」

「……足？」

重経は長二郎が実際に安土で見てきたことをふたりに言上した。

途端に、義重が大笑した。道誉も釣られて笑い出した。

「流石は芸能者じゃ。信長の面前でも、見るべき所が違う」

腹を抱えて嗤っていた義重が、急に真顔となった。

「何やら、今の様子では、信長の天下もそう長くはないのではないか」

「……」

義重の冗談交じりの言葉ではあったが、三楽斎道誉は、些か不穏な気が立ち起こった。

長年の大名、国人衆の盛衰を具《つぶさ》に見てきた道誉には、信長がすでに頂点を極め、その周囲も含めた体制が弛緩し始めているように思えていた。

盛栄の次に訪れるものが、例外なく破滅であることを、道誉は身をもって体得していた。

それゆえ、信長ばかりに依存していては、いずれ、大きな負を背負い込む危険を本能的に感じ取ったのである。

そうした、道誉の憂いを余所に、多賀谷重経は、北条の信長帰伏により、ここ暫くいくさがないことに不満を覚えていた。

そうした不満は夜の生活にも及んでいだ。道誉の娘である正室とは、子ができてからは馴染まなくなり、もっぱら寵童を託って夜な夜な伽を楽しんでいた。

ために義重らの話も耳に入らず、唯々退屈のまま幾度も欠伸を噛み殺した。


信長の関東支配が、この先長く続くと思われたその年の六月。道誉の懸念が的中したかの如く、世の動転する事変が起こった。

織田家股肱の重臣明智日向守光秀の謀反により、信長が京本能寺にて討死。その後、光秀誅伐を掲げて中国毛利戦線の備中から駆け戻った羽柴秀吉が山崎の地で明智軍を破り、光秀は敗走中に一揆の手で殺され、首を獲られた。

逃走していた光秀の家老斉藤利三らも秀吉の配下となった堅田衆《かただしゅう》によって捕らえられて処刑され、その功績により、秀吉は信長の跡目争いに一歩も二歩も抜きんでた。

特に、秀吉の最大のライバルであった柴田勝家が、前田利家への根回しが物を言って、秀吉軍に攻め込まれ、自害に及ぶと、もはや、秀吉の権勢は揺るぎないものとなった。

こうした秀吉台頭の西方情勢に関東諸豪族らは当初戸惑った。

その上、信長の死後、甲斐、信濃、上野では北条、徳川、上杉の領土争いが始まっていた。この天正壬午の乱と云われる領土争奪戦が決着がつかぬ内には、関東諸豪族らはどのようにも動けぬ状況となっていた。

しかし、この天正壬午の乱も、徳川勢と呼応する形で、佐竹義重が上野に侵攻すると、一気に終息を迎えた。

徳川の部隊と信濃で対陣していた北条軍は背後が脅かされために、急遽、家康へ和睦を切り出した。家康も来るべき織田家臣らの援軍が来なくなったために、この北条側からの和睦持ち掛けは、渡りに船となった。

和睦は無事成立し、北条氏政の嫡男氏直に、家康の養女が輿入れすることで正式な同盟となった。これにより、信長死去後の領土争いも一応の終結をみた。

佐竹家中では、この北条、徳川の同盟に警戒感を募らせたが、ひとり、客将である三楽斎道誉は、綽然としていた。

道誉は上野から帰ったばかりの義重へ、一通の書状を手渡した。

それを読んだ義重は、俄に腕を組み、思案顔となった。

「……これは、罠ではなかろうか」

「いえいえ。決して当家（佐竹家）を嵌めるためのものではありませぬ」

その書状は驚くことに、北条と和睦したばかりの家康からのものであった。

「この今際に、なにゆえ家康は、貴殿に取次ぎ役を請うておるのじゃ」

眇めとなった道誉は、義重に諭すように申した。

「さだめし、関東北部連合の盟主である当家と水面下で通じたいのではござりませぬか」

義重が真顔となった。

「つまり、家康は同盟に及んだ北条との手切れも念頭にあると申されるか」

「いや、いや。まだ分かりませぬ。まずは、秀吉が北条をどう扱うかでござりましょう」

義重が腕を組んで沈思した。やがて、

「北条が信長の時のように、秀吉に帰伏せねば、存外に、連合にとっては好都合となろう」

その義重の言葉に道誉は深く頷いた。そして、改めて、家康からの書状を読み返した道誉は、家康という武将が、底知れぬものに思えてくるのだった。

天正十二年（一五八四年）四月に勃発した小牧、長久手のいくさで、道誉は益々家康に不気味さを感じることになった。何故ならば、家康からの急な援軍要請が道誉の許に届いたからである。

——反北条派の筆頭である佐竹家客将のおのれに、徳川の後巻を要請してくるとは。家康の本心は如何に。

思案の末、道誉は、早くから家康に通じている結城家与力の水谷勝俊と婿である多賀谷重経を斡旋することにした。

この西方のいくさと同時期に、下野沼尻の地において、関東北上を続ける北条氏政と氏直の部隊と佐竹を中心とする関東北部連合との合戦が火蓋を切った。

しかし、初戦の数度の交戦だけで、両者の睨み合いが続いた。

その後、秀吉からの催促を受けて、上杉の軍勢が南下し上野国境を脅かすと、流石の北条も撤退せざるをえなくなり、この年の六月、和睦が成立し、下野沼尻合戦は終結した。

道誉は沼尻合戦から戻ったばかりの重経を常陸片野城に呼び出した。

重経は道誉の急な呼び出しに些か戸惑った。

「父御殿。沼尻は、存じられる通り、越後の上杉が出馬いたしたことで北条は撤退し、いくさは終結しております。あの天庵（小田氏治）も今では我ら連合に屈し、赤子のような有様。さすれば、こたびは、一体、何処とのいくさでござるか」

「美濃守（政景）の叛意じゃ」

「え？」

重経が驚きの表情で道誉を見据えた。

「あやつは、儂の岩付城復帰を条件に北条に寝返りおった」

それは、北条氏政による佐竹方の砦小田城の攻略であった。城主梶原政景に対する調略が数ヶ月前から水面下で進んでいたのである。

氏政は政景に好餌を仕掛けた。それこそ、政景の父、三楽斎道誉の宿望である武蔵岩付城復帰という餌であった。政景は自らが人質となって小田原に入城し、北条傘下に入ることで、父の宿願を達成させようとした。この政景の投降を受けて小田原の北条氏政は、政景へ従来通りに小田城を分け与え、対佐竹の最前戦として守らせた。

この次男の離反に道誉は、暫し、茫然となった。

道誉は長男氏資が北条に寝返り、武蔵岩付城から追放されるという苦い経験がある。

――政景だけは、裏切らぬと信じておったのだが……。

道誉はこの年、五十三である。些か、衰えを感じ始めていた矢先の次男の寝返りに、その失意は大きかった。

放心している道誉の許へ、急遽、太田城から佐竹義重が駆けつけた。

「何を狼狽えておる。道誉殿」

実父を叱咤するが如く、義重が道誉を睨み付けた。

「この期に及んで惑うことなど何もなかろう」

義重の非情とも言える言葉に、道誉は、今、おのれが為すべきことを覚った。

「この道誉。大それた恥をお見せいたしました。早速、北条の手に落ちた小田城奪回に向けての備えにつきまする」

腕を組んだ義重は、道誉の言葉に頷きながらも、鬼のような形相で付け加えた。

「我が鉄砲隊をお貸しする。くれぐれも、容赦なきよう心得て出馬いたせい」

そう言い放って、義重は片野から立ち去った。

この義重の命を受けたことで道誉は意を決し、次男政景を討ち取る覚悟を持った。

驚きの事実をようやく受け入れた重経は、道誉に躙り寄った。

「それでは、それがし、直ぐに小田城に駆け入り、美濃守殿（政景）を説得いたし思い留ませまする」

「それには及ばぬ」

弓の弦の張り具合を確かめていた道誉が、そうきっぱりと告げた。

「もはや、政景を討ち取らなければ、主家に顔向けできぬ」

重経が目を剥いた。

「それも、誰かが討ち取ればよいというわけではない。政景を討ち取るのはただのひとりしかおらぬぞ。それは儂だけじゃ」

そう言い放つと、道誉は高笑いした。

道誉の気迫に重経は事態を把握した。

ところが、笑い終えた道誉は、再び厳しい顔付きとなって、重経に告げた。

「政景の件は、儂ひとりでけりを付ける。それより西方じゃ。おぬしは小牧の陣へ行け」

「小牧!」

あの睨み合いが続いている秀吉と家康のいくさかと重経は些か落胆した。

「おぬしは鬼から偏諱を賜った身。鬼は秀吉に与する意向じゃ。すでに東殿（佐竹一族東義久）が秀吉の許に向かっておる」

「なれば、それがしも秀吉の後巻きとして参陣いたすことになりまするか」

徐に、道誉は眇めとなって笑みを浮かべた。

「そこでだ。……どうだ、こたびは家康の後詰として出馬せよ」

「家康の？」

「そうだ。こたび徳川は、北条と同盟に及んだが、なにゆえか、家康は儂を佐竹家との取次ぎ役と見なし、無理難題を吹っ掛けおる」

重経が複雑な表情となった。

道誉は重経が思い悩んでいるのを察し、申し渡した。

「無論、憎き北条と同盟中の徳川に手を貸すのは道義に反する。それゆえ、こたびの参陣はおぬしの判断に任す。どちらの陣に付こうとも構わん」

重経が平伏した。

この時、重経は、道誉が秀吉に対し、好意的でないことを覚った。それと同時に重経もまた、道誉に倣い、秀吉に懐疑的となっていった。この道誉から植え付けられた秀吉への疑心は、後に、秀吉への敵意と変わっていくことになる。

数日後、重経は結城家与力衆の水谷勝俊と共に、小牧の陣に向かった。西上しながらも、未だ、重経の心中は、秀吉、家康どちらの陣に付くか決めかねていた。同行している勝俊に探りを入れても、無口な男ゆえ、一向にどちらに加勢するかを申さない。

——おそらく、勝俊は徳川方であろう。すると、儂は佐竹に倣って秀吉か。ええい、儘よ。どうにでもなれ。

ところが、もう間もなく三河に入る途上で、突如、飛脚が宿所に意外な報を持ち寄った。それは、唐突な羽柴、織田両者間の和睦であった。秀吉の巧み、且つ恫喝を含んだ和睦慫慂に、不安が生じた織田信雄がいち早く投降したのである。そのため、いくさを続ける大義名分を失った家康は、直ぐさま兵を撤退させた。

この徳川軍の撤退を聞き付けた水谷勝俊と多賀谷重経は、直ちに西上をやめ、引き返すことにした。帰途、重経はどちらにも加勢せずにいくさが終結したことに柄にもなく安堵し、馬上で半睡しながらの帰途となった。

7　剣豪伝鬼坊の関東来訪

天正十三年（一五八五年）、武力衝突を嫌った秀吉の再三の懐柔策が功を奏し、ついに徳川家康は譲歩を決意。ここに、家康の上洛が決まった。

この上洛で、秀吉臣下を明確に示した家康は、その後も秘して、道誉を介し佐竹ら関東北部連合との音信を取り続けた。

家康の臣従で、秀吉覇権の世となったが、相変わらず、関東の雄北条氏は、秀吉への帰伏の態度をあからさまにしなかった。そのため、北条氏への秀吉の不満は日が経つにつれ、増幅していった。

こうした中、敏感に秀吉の勘気を感じ取った北条氏政は、翌十四年に突如として、弟の氏規を上洛させた。秀吉は、この氏規の上洛、謁見を、一応の帰伏と見なし、これまでの無礼を許した。

だが、要の氏政やその嫡男氏直の上洛は、相変わらず見送られたままであったため、秀吉の蟠りは残った。

丁度この北条氏規の上洛中、一人の武芸者が常陸真壁郡新井手村に立ち寄っていた。その男は通称伝鬼坊《でんきぼう》と謂われる刀術天流の創始者である。塚原卜伝門下随一の剣術家としてその名は広く全国に知れ渡っていた。

伝鬼坊は、俗名を斉藤勝秀といい、常陸真壁郡新井手村出身という。父の代から受け継がれた北条氏の近習番として、武蔵滝山城主北条氏照に仕え、剣術指南役も務めていた。しかし、勝秀は、一大名に仕える身では刀術を極めることはできぬと一念発起し、北条家を辞して諸国修行の旅に出た。

廻国修行中に出会った修験者から手がかりを得て、自らの刀流「天流」を創始した。

やがて、剣術者斉藤伝鬼坊の名は諸国に轟き、京に赴いた際には、正親町天皇の勅命により参内して、一刀三礼を披露した。その技に感嘆した天皇は、この折り、褒美に伝鬼坊へ井出判官左衛門尉という官位を授けた。喜んだ伝鬼坊は、以後、井出判官伝鬼坊と名乗り、益々、名をあげることになった。

こうした高名な剣術者が常陸真壁に戻ってきたことを聞き付けた多賀谷重経は、早速、伝鬼坊を下妻城へ呼び寄せた。

「そなたの名はここ常州でも鳴り響いておる」

伝鬼坊が平伏した。

「儂も、そなたの刀術を学びたい。この地で指南いたす所存はござろうか」

「無論、そう心得て、この地に舞い戻った次第でござります」

「ならば、まずは当家に仕官いたせ。他家では、他流に励む者も多く、やりづらかろう」

「真壁神道流でござりますな」

「さよう。そなたと同じト伝門下の庶流じゃ。霞流とも呼ばれており、主人の暗夜軒（真壁氏幹）が大層の入れ込みようじゃ」

重経の配慮に感銘した伝鬼坊は、多賀谷家に仕える意を重経に伝えた。

それを聞き入れた重経は、頬の金瘡を震わせて喜んだ。

「それでは、儂を一番弟子とせよ。明日から指南を請う」

了承した伝鬼坊は足袋を脱ぐ間もなく、熱に冒されたほどの入れ込みようを見せる主人重経へ、刀術天流を直伝することになった。

重経は、幼少より刀術に励んでいたが、負けん気が強いために、こちらから頭を下げてまで、真壁暗夜軒氏幹の神道霞流道場へ通う気は元よりなかった。

そのため、自己流で試行錯誤を繰り返してきたわけだが、やはり、独学では限界があることを覚っていた。そんな矢先の伝鬼坊の常陸帰国は、将に、重経にとって果報となった。

伝鬼坊は、下妻城下の米倉を借り入れ、天流道場を開いた。

重経は水を得た魚のように、休みも取らずその道場に通い、伝鬼坊直伝による刀術を体得していった。その熱心さは、師の伝鬼坊も驚くほどで、半年も経たぬうちに重経は天流奥義までも会得した。

全国に名の知れた刀術の免許皆伝を得た重経は、真壁ら他流の門下からも羨望の的となった。これで溜飲を下げた重経であったが、間もなく、意外な事実を、舅である片野城主太田三楽斎道誉から聞き付けた。

「重経、いや下総守よ。おぬしの刀術の熟達ぶりは聞いておる。近在の大名らにも新たな脅威となっておるようじゃ」

歴戦の猛将道誉に誉められ、些か、重経は照れた。

だが、道誉の表情が何時にも無く険しいことに、重経は直ぐに気付いた。

「どうやら、おぬしの所の指南役は、いまだ陸奥守（北条氏照）と通じているらしい」

「え？」

重経の目が見開かれた。

「こたびの突然の帰郷も、我が連合の動静を探る一環であろう」

「そ、それは、まことでござりまするか」

「すでに、暗夜軒も鬼（佐竹義重）より命を受けて、刺客を送り出す手筈であったが……」

「刺客！」

道誉が眇に重経を見詰めた。

「じゃが、伝鬼坊はそれ相当の使い手。並の刺客では太刀打ちできぬであろう」

重経が納得して、大きく頷いた。

「そこでだ」

道誉が腕を組みながら、重経の前に安座した。

「仕合じゃ」

「仕合？」

一段と道誉が眇めとなった。

「真壁の道場より、腕の立つ者を選んで仕合を挑む」

「神道霞流と天流の他流仕合でございますな。これは大層面白いことに。しかし……」

道誉が微笑みながら制した。

「まあ、待て。おぬしの申すべきところは分かっておる」

重経は、伝鬼坊より直伝で天流の免許を得た身である。誰よりも、その並々ならぬ技量を知っていたため、仕合で伝鬼坊が負けるとは到底、考えられなかった。

「して、真壁からは、誰が名乗り出たのでございますか？」

「確か、櫻井霞之助とかいう馬回りと聞いておる」

「それは、櫻井大隅守のせがれではございませぬか」

道誉が頷いた。神道霞流の道流は、真壁城主真壁氏幹、櫻井大隅守、そして櫻井霞之助と受け継がれていた。

「それでは、すでに、勝負が見えております。大隅守ならいざ知らず、若輩の霞之助では到底、百戦錬磨の伝鬼坊の相手にはなりますまい。無駄な仕合となりますゆえ、真壁方へは、取りやめるよう申し伝えるべきでございます」

「いや……」

意外にも、道誉は首を振った。

「実は、大声では申せぬが、これには裏がある」

「裏？」

道誉が音も立てずに躙り寄った。

「生け贄じゃ」

「生け贄？」

道誉の目が爛々とした。

「櫻井霞之助には壮絶に負けて貰う」

ふむと重経は驚きもせずただ頷く。

「すると、どうなると思う？」

「敗れたとなれば、真壁一門の恥となりましょう」

「そうじゃ。となれば、真壁一門は伝鬼坊を生かしてはおけまい。おそらくは、多勢での仇討ちとなろう」

なるほどと重経は納得した。

「これは、ふたりの鬼（佐竹義重と真壁氏幹）の秘策じゃ」

その道誉の一言で、重経はすべてを解した。

「伝鬼坊が北条の間者と分かれば、それがしも見逃す訳にはまいりませぬ。伝鬼坊は我が家臣でござりまする。盟主殿（佐竹義重）の策でござろうと、そのような回りくどいことをなさらなくとも、それがしが討ち取ってみせまする」

「ならん」

道誉が眇めとなって、重経を睨んだ。

「おぬしが手を下せば、各地の天流門下生が下妻城下を荒らしに参るぞ。そうなれば、神道霞流と天流の諍いがこの地で繰り広げられることになり、いくさどころではなくなるであろう。それこそ、北条の思うつぼじゃ」

重経が押し黙った。

「ここは鬼の秘策をじっくり見届けようぞ」

道誉に諭され、歯がゆいながらも納得した重経は、その後、城下の伝鬼坊の様子をそっと探ったが、別段、北条と通じているような素振りは見られなかった。それでも警戒を緩めず監視は続けた。

そんな中、伝鬼坊は、真壁からの仕合申し出に応じた。試合日が決まると、真壁神道霞流道場から選ばれた櫻井霞之介は、気合いを入れて練習に励み始めたが、一方の伝鬼坊の方と言えば、相変わらず普段と変わらぬ日々であった。

いよいよ仕合当日。真剣勝負と決まったことで、櫻井霞之介の表情は朝から青筋を立てた緊張したものであった。

対する斉藤伝鬼坊は、仕合慣れしているせいか、身のこなしに固さはなかった。

仕合は真壁城下の不動堂前で行われた。仕合場に駆けつけた三楽斎道誉と多賀谷重経はふたりの状態から、すでに勝負ありと見て、佐竹義重の思惑通りにことが運ぶと睨んだ。

案の定、仕合が始まると、ものの四半時（十五分）も経たぬ内に、櫻井霞之介は頭部から太刀を振り落とされ、頭蓋が割られて即死した。

伝鬼坊は一切の乱れなく、太刀の血糊を拭き取り、鞘に収めた。

余りの腕の差に、観覧者らは言葉を失った。真壁神道流門下生らは、色めきだったが、だれも、追って立ち合いを望むことはなかった。

一礼して立ち去る伝鬼坊を、真壁勢はただただ見送るばかりであったが、その場の空気がただならぬものであることを、道誉や重経は見抜いた。

それより、十日ほど過ぎた日の夕刻である。

その日、斉藤伝鬼坊は、刀術指南を終えて、城下に宛がわれた小宅への帰途であった。下妻城下に起居する場を得て以来、夕刻時に必ず立ち寄る八幡神社に足を踏み入れた時である。

俄に殺気を感じた伝鬼坊が、立ち止まった。すでに陽は落ち、境内は昏い。

伝鬼坊の左右の足がゆっくりと交差して、身体が僅かにずれ動いた。と同時に、後方の銀杏の木に矢が突き刺さった。

その弓の一撃が合図かのように、境内のあらゆる方向から矢が放たれる。

伝鬼坊は身を屈めて、一旦、最寄りの満天星の古木に身を沈めたが、すぐに門柱の影に身を隠した。

ところが、門の外の左右の道から、矢を射かけようと数人の侍が走り寄ってきた。

退き道を断たれた伝鬼坊は、一度、深呼吸してから、覚悟を決めた如く、何事にも囚われない表情で立ち上がった。

それとばかりに、一斉に境内の方々から矢が放たれた。瞬時に、両刀を引き抜いた伝鬼坊は片足を軸として、円を描くように回転しながら、次々に射かけられる矢を切り落としていった。天道流秘伝の矢切の太刀である。

二度の集中攻撃にも、何とか身をかわした伝鬼坊であったが、退き口からの新手の矢が射かけられると、流石に避けきれず、右肩を射貫かれた。そのせいで、握っていた太刀を振り落とした伝鬼坊がそれ拾おうとした刹那、境内、退き手から無尽蔵に矢が放たれて一瞬のうちに伝鬼坊はハリネズミの体となり、絶命した。甲冑も着けぬ身に対し、余りにも多勢に無勢と言える卑怯な仇討ちとなった。

こうして、剣豪として諸国に名が通った斉藤伝鬼坊は、この日、あえなく、下妻の地で死去した。行年三十九である。

——酷いことだが、やむをえぬ。

多賀谷重経は、自らの刀術の師であった伝鬼坊の横死を、残念に思った。天流の奥義を会得したとは言え、伝鬼坊の腕前には未だ遠く及ばないことを自覚していた。

——おそらく伝鬼坊には、他にも秘匿している刀術の奥義がいくつもあったはずじゃ。もう数年ほど、それを学び得て神髄を極めたかった。真壁勢に加担して、神社の門外に弓兵の援軍を送るまでのことはなかった。

重経は、その後暫く、刀術の鍛錬に身が入らずであった。

北条家当主の上洛がないことへの蟠りは、依然として秀吉の胸裡に燻っていたが、この秀吉の蟠りに再び火を付けたのが、意外にも、秀吉の側近ではなく、遠い関東の雄である佐竹義重であった。

義重は、天正十二年に陸奥伊達家の当主となった政宗に対して、一際《ひときわ》警戒を深めていた。政宗の祖父晴宗の娘を自らの正室に迎え、また、政宗の父輝宗の時代には確固たる同盟関係を維持してきた義重も、天正十三年の政宗による二本松城攻撃で、輝宗が政宗により銃殺されると、その後は、伊達家との関係を見直さざるをえなくなった。実の父親を平然と殺してまで敵を討ち取ろうとする政宗の冷酷さに、佐竹を始め関東北部連合は脅威すら覚えた。

天正十五年には、秀吉による関東、奥州惣無事令が下されたが、伊達政宗の陸奥平定の野望は尽きなかった。翌十六年の摺上原《すりあげはら》の合戦で、蘆名氏が政宗に滅ぼされ、蘆名家を継いでいた義重の次男義弘が常陸太田城に逃げ戻ってくると、義重の憂慮は一入になった。尚も、同時期、義重の手下らがもたらした情報は、佐竹家にとって一刻の猶予も許されぬ厳しいものであった。

「さてさて。伊達は大層強気であるな」

常陸太田城に呼び出された三楽斎道誉と多賀谷重経が同時に頷いた。

「やはり、北条と通じているようでありますな」

道誉の言葉に、今度は義重が深く頷きながら腕を組んだ。

「ここへ来て、北条の攻めはより執拗になっておる。連合から離脱する者も後を断たぬ。おそらくは、伊達と連動して挟撃する構えじゃろう。南郷最前戦の赤館も義宣に任せてばかりでは心配じゃ。さてさて、これは、早急に策を練らねばならぬのう」

道誉も腕を組んで同意した。

「秀吉の惣無事令が発令されていながら、これほどまでに北条、伊達と強気なのは如何なものでしょう」

「……やはり家康か」

再び、道誉が白鬚頭で深く頷いた。

「北条、伊達にとっては、未だ、秀吉よりも家康を恃むところ大でござる。家康はそれを巧みに操って……」

「待て。それ以上申すな。ならば、ここは秀吉に早期の関東出馬を要請せねばならぬ」

すると、若い重経が勇んだ口調で、義重に言上した。

「そ、それがしが使者となり、秀吉に謁しまする」

「北条討伐を懇請いたすか」

道誉が口を挟んだが重経は続けた。

「確かに、こたびの伊達のいくさは、完全な公約違反でござりまする。秀吉の怒りは並々ならぬはず。将に、今が好機でござりますぞ。北条討伐を懇請いたさば、必ずや秀吉は関東出馬に本腰をいれるはず」

それを聞くやいなや、義重がかっと目を見開いた。そうして、俄に小姓を呼びつけ、矢立を用意させた。

「まあ、待て。なに、秀吉は信長ほどのこともない。わざわざ出向くこともなかろう」

道誉が厠に立ったのを横目に義重が申し足した。

「それより、下総守。あれは、ほどほどにせい」

「は？」

「寵童じゃ。三楽の娘も浮かぬ顔と聞く」

重経は小姓としている寵童豊丸に入れあげ、室の許へはここ暫く無沙汰の状況であった。豊丸は菊地越前守長二郎の嫡男である。
重経は我に返った如く、顔を赤らめ、その場で平伏した。
それを見た義重は、小姓から渡された筆で空に○を描いた後、にっと笑った。

8　激闘の足高城攻略

佐竹義重が秀吉に北条討伐を要請する以前から、多賀谷重経は常陸南部の北条方諸城攻略に本格的に乗り出していた。

これは、信長の横死で頓挫していた銃の買い付けがようやく実現し、待望であった千挺もの鉄砲部隊を造り上げることができたためである。

信長死後の三年の間に、長二郎は数度京の観世小三郎を頼って銃の買い付けに赴き、無事、海路で精度が高い五百もの鉄砲を堺から下妻へ搬送した。従来の五百の銃撃部隊に新たな五百が加わり、重経悲願であった千人の銃撃部隊が編制された。

この銃撃部隊は周辺諸国から「下妻千騎」と呼ばれ、大いに恐れられた。

重経はこのできたばかりの鉄砲部隊を何としても早い時期に実戦で試したかった。

天正七年に北条連合軍に奪われた谷田部城をその日の内に奪回した重経は、その後も、数回に亘り足高城下へ侵攻を繰り返していた。

そうして天正十四年（一五八六年）の秋。ついに足高の出城である小張城を攻め落とした。この時の落城で、城主只越入道全久《ただこしにゅうどうぜんきゅう》は、岡見宗治の援軍も間に合わずして善戦むなしく討死した。

尚も、翌年の初春を迎え、更なる北条方常陸南部の切り崩しに着手した重経は、念頭の岡見宗治の足高城攻略を企て、近隣の牛久城からの援軍を断つ目的で、足高、牛久両城の中間地点に出城を築城した。

これは泊崎《はつさき》城と呼ばれ、牛久城とその付城である東林寺城に対抗するための出城であった。鬼怒川、牛久沼を見越しての軍用船を数艇も備えた本格的な城である。

この佐竹方出城の出現に、警戒を深めた北条氏照は、牛久城の牛久番に加勢を伝えた。牛久番とは、岡見氏と北条氏照相互の連絡拠点のことを言い、近郊の岡見氏麾下の諸将が交替で詰めていた。

その一方で、岡見宗治は、氏照に泊崎城の地図を送り、足高城に城兵を集中させて防備を固めていたが、多賀谷重経は、これを逆手にとった。

「足高より北東の板橋城が手薄じゃ。先にここを攻め落とす」

重経は、板橋城の目と鼻の先に、更なる出城を僅か五日で築き上げ、攻撃態勢に入った。

突然の出城の出現に恐れをなした板橋城主月岡玄蕃《つきおかげんばん》は、無理して多賀谷勢と干戈を交えることを避けた。岡見の援軍を待たずして城を開城し、降伏した。玄蕃は多賀谷領内に拘束された。

重経は、いくさなしに城を手にした喜びもなく、餓えた狼のように次なる岡見氏属城攻略に向かった。

「次は岩崎城じゃ。小さき城ゆえ、わざわざ出城など築くこともなかろう」

先に討死した小張城主、只越入道全久の息子の只越尾張守が守る岩崎城は、板橋城から東へ一里ほどの牛久沼北部に位置する小城である。この城を囲んだ重経は、できたばかりの鉄砲隊下妻千騎を従えて、無駄な時を費やさずに直ぐさま攻撃に入った。

只越尾張守は僅かな城兵で迎え撃ったが、城兵らはあえなく鉄砲隊の餌食となり、ほぼ半数が撃ち殺された時点で降伏した。只越尾張守は残った城兵の助命を嘆願して、自らは切腹した。

鉄砲部隊の威力に満足した重経は、いよいよ岡見氏本城の足高城攻略に本腰を入れた。

立て続けに支城が落城し、重臣月岡玄蕃まで連行されて、浮き足だった岡見宗治は、止むにやまれず、再び北条氏照に援軍を要請することにした。

氏照は、岡見氏を完全に配下に組み入れるために、以前より再三に亘って、人質を要求していた。牛久城主岡見治広はすでに小田原に嫡子五郎兵衛を差し出していたが、未だ宗治は北条氏に与同しながらも人質を送り出していなかった。

岡見宗治は隣接する信田荘全域を支配している土岐原《ときはら》氏の五代当主治頼《はるより》の四男頼勝を父とする。頼勝は土岐、岡見両家が同盟の運びとなった際、その鎹《かすがい》として足高城主岡見左衛門助の嗣子となり、岡見越前守と名乗って足高城主となった。その勝頼こと岡見越前守は入道して伝喜《でんき》と号し、嫡子宗治に足高城主を継がせていた。

常陸土岐原氏は、元を辿れば美濃守護土岐氏の家柄である。増して、土岐治頼の代で美濃宗家の名跡を継いでおり、宗治は名族の血筋であった。それゆえ、北条の後ろ楯を素直に受け入れることに些か抵抗があった。

そうした宗治の態度を察してか、未だ、北条軍による足高城救援は一度もなかった。

しかし、この多賀谷勢の猛攻撃で、背に腹は替えられぬと、宗治は嫡男を東関東の北条拠点栗橋城に送った。この人質差し出しを容認した氏照は、早速、援軍を足高城へ送ったため、重経の攻撃が中断した。

氏照が送りつけた援軍は、泊崎城から西の牛久沼対岸に陣を敷いた。そのため、足高城攻めは俄に容易ならざるものとなった。

「これでは、何時まで経っても睨み合いで埒が明きませぬ」

家老石塚将監や中山外記らが疲労の色を浮かべた顔で次々に言上した。

柄杓で水を一気に飲み干した後、重経は苦々しく洩らした。

「……なれば、策を練らねばならぬの」

不安げな面持ちで中山外記が重経を見上げた。

「一層、足高を止めて、牛久を攻めるか」

「牛久を？」

足高より沼を挟んで東部に位置す牛久城は、南部が沼、東部が深い泥地、北部が渓谷の天険の要害である。更には、河川をひとつ隔てた台地に東林寺城が守りを固めている。そこへ攻め入ることは、多くの犠牲を伴う、余りにも無謀な策であった。

「それは、死地に赴くことでござりまする」

石塚将監の重い声に重経は空を見詰めた。

「……ならば、手はひとつしかあるまい」

「手とは？」

中山外記が詰め寄った。

「まずはこれだ」

重経は傍らの算木を掴み、床に並べ始めた。

「これが、牛久でこれが泊崎、そしてこれが足高じゃ。そして、これが要の鬼怒川じゃ」

重経が算木を鬼怒川に沿って並べていった。

「ここを見よ」

石塚や他の重臣らが集まり、床を覗き込んだ。

重経が指し示した場所は、鬼怒川が東南で緩やかに湾曲していた。重経はその算木を横に倒した。

「ここの堰を切る」

「水責めでござりまするか」

「そうじゃ。それも雨天の増量時を狙う」

ふむふむと重経の周囲が頷く。

「足高城は南方が低くなっておる。南東に布陣している北条勢も他へ移動せざるをえないだろう」

再び、周囲が頷く。

「北条勢の移動が始まったら、我が軍は水陸両方から一斉に攻撃に入る」

「船は泊崎からでござりますな。しかし、泊崎の船で足りまするか」

「心配するな。それより鉄砲じゃ」

中山があっと膝を叩いた。

「雨天では銃は使えませぬぞ」

重経は額の金瘡をぽりぽりと掻きながら、ほくそ笑んだ。

「かつての天下人を忘れておるわけではあるまい」

「……織田、織田信長でござりまするな」

「そうじゃ」

「わしは、信長に馬を献上した折り、雨天での銃撃備えを教えてもらった。下妻千騎を編制するために西国に銃を買い付けた折り、併せて雨覆いも大量に仕入れておる」

「雨覆い！　それは、まことでござりまするか」

重臣らの目が輝き始めた。

「岡見ごときの銃部隊には、いまだ、雨覆いの備えはないと手下が伝えてきておる」

「しかし、北条の援軍には雨への備えもありましょうぞ」

「無論じゃ。それゆえ北条が増水で慌てて陣を移動する時が勝負時じゃ」

重臣らが納得したように顔を見合わせた。


重経が足高への総攻撃を決めてから、ひと月を経た。時は天正十五年十一月。

その日は、朝から重経が待望していた雨となった。だが、鬼怒川の水量は僅かに増えたほどである。

「まだ、早い。午後も降り続くようであれば、十分な水量となろう。この分でいけば、おそらく決行は夜分となろう」

幸い、午後から雨量が増し、豪雨となったため、夕刻には十分な川の増水が見られた。

早速、重経は、鬼怒川の流れが南東の牛久沼に向かって湾曲している堤に待機している部隊へ急使を遣わし、堰を切るよう指示した。

二十日前より、北条方に知れぬよう普請を続けてきた土工部隊が、雨の中、最後の作業に入った。川の増量で作業は難航したが、半時ほどで堰は切られ、削られた堤に沿って、水は足高城下へ勢いよく流れていった。

堰が切られたことを聞き入れた重経は、自慢の下妻千騎を引き連れて出陣した。案の定、足高城東南部に布陣していた北条の援軍は、足場まで浸水したため、北西に移動し始めたと物見が伝えてきた。

「この分では、沼の東部も溢れていることぞ。なれば牛久からの援軍もなかろう。これは好機じゃ。泊崎の部隊も足高に向かわせよ」

先に落とした足高北方の板橋城に陣取っていた重経は、ここぞ勝負時と見て、夜半時にも拘わらず、進撃を開始し、間もなく、足高城を囲んだ。

足高南方の北条援軍が、往路が冠水しているために救援に遅れをとっているとの報せが入り、重経は、迷わず総攻撃を開始した。

喊声を上げて突撃を始めた重経の部隊へ、足高城内から征矢が絶え間なく放たれる。だが、竹束を楯に重経の部隊は、怯まずに突進を続けた。弓と銃を構えた城兵らが集う出丸の至近距離まで近づくと、重経の部隊は、仕寄せに銃口を取付け、一斉に発砲を開始した。

堅固な迎撃態勢で過去に数度、多賀谷勢を追い払った岡見宗治であったが、この悪天候での絶え間ない銃撃に、瞬く間に劣勢に陥った。出丸に待機していた岡見の銃撃隊は、激しい雨の中、銃を使えずにいた。一方、同じ条件ながら、重経の部隊は止むこと無く銃撃を繰り返した。この情況に、城兵らは為す術も無く、防戦一方となった。

ところが、当の岡見宗治は矢倉内で悠然と構えていた。劣勢に陥りながらも、周章狼狽することなく、じっと曲彔《きょくろく》に座り、戦況を見据えていた。

やがて、近習が駆け寄り、急いた様子で言上すると、俄に宗治は立ち上がり、大音声で城兵らに命じた。

「動じるでない。間もなく、守谷、高井から、相馬勢二千ほどの援軍が多賀谷勢の背後から攻め入る。その機を逃すでないぞ。一気に挟撃して、多賀谷の息の根を止めよ」

密かに宗治の要請を受けた守谷城主相馬左近大夫治胤が、実家の高井城からも兵を集め、大軍で多賀谷重経本部隊の背後に忍び寄っていた。

そうとは知らず重経は、城兵らに戦意が見られないことに乗じて、城門付近まで殆どの兵を進撃させた。

重経の銃撃隊では、四人の組に別れ、狙撃兵一名に対して銃弾装填兵が三名という四名の組で編制されていた。撃ち手が銃撃を終えると他の三名から装填を終えた銃を渡され、再び銃撃に入る態勢となり、間断なく銃撃が続く仕組みである。

この戦法は紀州雑賀衆が考案した戦法で、烏渡しなどと呼ばれていた。信長は、長島一向宗とのいくさで、この戦法を取り入れた本願寺銃撃部隊に煮え湯を呑まされたため、自軍にもその戦法を取り入れ、多用した。重経は、この戦法を信長から下賜された絵図から知り得ていた。

この四人組が数十も並び一斉銃撃となれば、いわゆる釣瓶打ちとなり、その姿は圧巻であった。将に、下妻千騎と恐れられた由縁である。反北条勢では佐竹と真壁、そして多賀谷が唯一、この戦法を取り入れており、それゆえ、この三家は銃の買い入れに余念がなかった。

岡見氏拠点の足高城攻落を悲願としていた重経は、ここぞとばかりにこの戦法で連射を続けた。出丸に出張っていた城兵らの半数近くが、銃撃を食らい死傷した。残りの城兵らも、慌てて城内に逃げ込んだ。

これを好機と見た重経は、虎口付近まで手勢を寄せた。一気に城内に攻め込もうと一発勝負に出たが、これが裏目となった。

突如、後詰めの部隊から使番が駆け寄り、重経に向けて大声を張り上げた。

「相馬の援軍が背後より迫りまする」

「何！」

重経は後方に目をやった。未だ、何も変わらぬ闇が続くばかりであったが、重経には相馬の大軍が列をなして、こちらに向かっている様が見えた。

「致し方ない。直ぐに退却じゃ」

一斉に大将らが虎口付近の最前線の部隊に急使を遣わし、退却の命を伝えた。後一歩で城内に突入というところであった最前線の兵士らは、この不本意な退却の命に、自ずと、その動作は緩慢となった。その上、いざ退却となると、堰を切ったために泥濘んだ道は歩きづらく、思うような退路を辿ることができなかった。

それでも重経の本部隊は、引き揚げ始めた後詰部隊との合流を図り、何とか鬼怒川の北西部まで引き下がった。しかし、何時まで待っても、後詰部隊がそこへやって来ることはなかった。

重経は雨の上がった夜空を見上げた。

「良からぬ気がする。ひょっとすると……」

重経の懸念通り、この時、すでに相馬勢は、後詰部隊の退路を断つように、暗中密かに軍勢を移動させていた。

重経からの使番から退却の下命を聞き入れた後詰の部隊は、僅かも行かぬ内に突然の発砲を受けた。

「そ、相馬勢じゃ。後退せよ」

後詰の大将多賀谷信濃守が下知した。

だが、後退する後詰の隊列に容赦なく銃撃は続いた。逃げ切れずに多数の兵が撃たれて死んだ。

「いかん。退路を探せ」

後退しながらも、何とか銃撃態勢を築いた後詰の鉄砲部隊が、抗戦に転じようとしたが、相手の銃撃を防ぐ術もなく、満足な発砲もできぬ内に完全に取り囲まれてしまった。と同時に鉄砲、槍の総攻撃を受け、多賀谷の後詰部隊はあえなく全滅、兵站も奪われ、大将多賀谷信濃守以下、全兵が討死を遂げた。

後詰部隊の全滅を聞き入れた重経は、怒りで打ち震えた。

「先手も豊島ら岡見勢の追撃に遭い、苦戦とのこと」

駆け寄ってきた使番が喘ぎながら言上した。

「くそ。岡見左近大夫めが。相馬らと謀ったな」

足高城落城を目の前にして、逆に挟み撃ちを喰らったおのれの甘さを呪った。

「北東谷田部が開いております」

退路を探っていた斥候が舞い戻ってきた。

「そうか。では一斉退却じゃ」

その重経の下知に、貝役が一気に法螺を吹き始めた。

その音が響き渡ると同時に、重経の部隊は全力疾走で敵の包囲網を突破した。追いつかんとする相馬勢の銃撃で数騎が撃たれたが、どうにか追っ手をかわして退路を確保した。

片や、最前線に出張っていた先手部隊も、一斉退却を告げる法螺の音に、本気で退き始めた。それを見た城内の岡見の兵らが続々と城を出て追撃に出た。先手部隊の後尾はそうした岡見勢の追撃を撃ち払いながら撤退を続けたが、百人ほどが討死を遂げた。

尚も、後陣はすでに相馬勢に占拠されており、戻る事もできぬ先手部隊は、安全路を見いだしながら、谷田部城へ逃れた本軍の後を追った。

多大な犠牲を強いられながらも、敵の包囲網を突破した先手部隊は、板橋を越えたあたりで重経の本軍と合流でき、そのまま払暁の中、谷田部城へ逃げ帰ることができた。

完全なる敗北を喫した重経は、下妻城に戻ってからも、悔しさが込み上げ、怒りで打ち震えた。小張、板橋、岩崎と立て続けに攻め落としたことで気が緩み、足高への攻めが甘くなったことを悔やんだ。

直ぐにでも、雪辱戦に出馬しようとしたが、ふと、思いとどまった、いくさの師匠でもある道誉の言葉が胸に過ぎったのである。

「いくさ場では気が急いた方が負けじゃ。常に平常心を保って闘えば、自ずと勝利が舞い込むものじゃ」

未だ、平常心にはほど遠いと覚った重経は、いくさの準備も取りやめ、城下の多宝院に出向いて禅堂に籠もった。それより暫く、重経の参禅の日々が続いた。

半月余りを経た十二月初め。重経は、相馬勢の押さえとして、小田城から梶原政景の支援部隊を要請した。

遡ること天正十二年の十月。佐竹の連合から離反し、北条に寝返った政景が立てこもる小田城に、父道誉率いる千五百もの鉄砲部隊の猛攻撃で、あえなく政景は降伏。政景は自決を試みたが、義重が止め、叛意を許したため、道誉、政景父子は大いに感服した。

その政景が鍛え抜かれた五百もの鉄砲部隊を引き連れて、守谷城の北東に陣を敷いた。

――これで、足高に攻撃を集中できる。

前回の雪辱を晴らさんとばかりに、重経は握り拳を振るわせた。

年が改まった天正十六年（一五八八年）二月払暁。赤糸縅《あかいとおど》しの当世具足に身を包んだ重経は出陣前に大宝八幡神社に出向いて戦捷祈願した。大宝八幡神社は、永らく多賀谷家の武運長久を担ってきた神社である。それだけ、この雪辱戦にかける意気込みは激しかった。

まず、重経は、部隊を二つに分けた。先方隊は牛久に向かった。その部隊はなんと重経自らが率いる部隊であった。

北条氏直の軍は多賀谷主力勢が攻撃の矛先を牛久に代えたと見て、牛久沼を東北に迂回して戸張出口後方の外郭山王台に後陣を敷いた。これにより、足高が手薄となった。

すかさず、泊崎、谷田部から多賀谷の別動隊が足高に向かった。実は、こちらの別動隊が重経自慢の鉄砲隊で編制されていた。しかも、小田城の梶原政景鉄砲部隊もこれに加わり、攻撃力は弥が上にも増した。

しかも、重経はこの再度の足高城攻めに及んで、事前に調略を仕掛けていた。

昨年（天正十五年）の八月に岡見宗治の重臣であった栗林次郎義長が死去していた。義長は、戦略に長け、天正五年の水海道合戦では、散々佐竹軍を翻弄し、下妻城までも陥れようとした。北条氏堯や氏直はこうした義長の知略を買い、常陸南部攻めには義長と連動態勢を敷いて長らく重経を苦しめてきた。

このライバルとも言えた義長の死で、岡見家中が盤石でないと見て取った重経は、敗戦後、使者を岡見宗治の義父にあたる岡見伝喜の許へ遣わし、和睦を慫慂《しょうよう》した。

その和睦とは、足高を譲り渡せば、牛久は安堵するというものであった。伝喜はこれを宗治に伝え、和睦を勧めたが、流石に宗治はこれを拒否した。だが、家中は動揺し二派に分かれ始めた。

岡見伝喜はここ数年来、重経と内通している。先の天正五年の水海道合戦で、北条氏直は、多賀谷重経が陣屋にしていた飯沼弘経寺を放火し全焼させた。これを天道に背く行為と見た岡見伝喜は、以来、北条への不信感を抱き続けていた。重経はこの伝喜の不信感に巧みに乗じて、密かに誼を通じていた。

伝喜が協調策を勧めたことで、岡見家中では北条派と反北条派が対立して混乱が生じ、統制されずの状況となった。

そんな最中、突然の多賀谷勢の急襲を知って、足高の岡見宗治は歯ぎしりした。宗治は、重経の部隊が牛久へ向かったことを一刻ほど前に聞き込んでいたため、何とか家中を纏《まと》めて、そちらに兵を回す備えに追われていた。

「謀ったか」

しかし、宗治も意地を見せた。岡見勢の中では最も主力である銃撃部隊を出丸に向かわせ、迎撃態勢に入った。

梶原美濃守の鉄砲隊を加えた石塚、中山率いる多賀谷主力部隊は、出丸の敵を確認すると、竹束を連なって前進した。

多賀谷勢の進撃を見て、出丸の岡見銃撃隊は一斉に発砲した。だが、前進を止めぬ多賀谷の隊列は、出丸間近まで攻め寄り、岡見勢の銃より遙かに威力のある銃弾を込めた銃で発砲を開始した。その威力は絶大で、小半時《こはんとき》（三十分）も経たぬ内に出丸の岡見銃撃隊は全滅した。

出丸陥落を知った岡見宗治は、すでにいくさの帰趨が決したことを覚り、多賀谷勢が城に到達する前に、脱出に踏み切った。城中では、降伏の笠を掲げ、多賀谷の軍門に降るよう諫言する者も多かったが、宗治はそれも聞き入れず、僅かな手兵で牛久沼西岸に向かった。

しかし、泊崎からの多賀谷の船が西部沿岸を支配していたため、慌てて馬を走らせ南下し、ようやく船に乗り継いで牛久まで逃れた。

その牛久では、夕刻まで重経の部隊と北条氏直率いる部隊が長い睨み合いを続けていたが、突如、重経の部隊が引き揚げ始めたために戦闘には至らずに終わった。

足高がほぼ陥落した時点でのこの退却は、重経があらかじめ予定していたことである。この時の重経の部隊は悴者《かせもの》や戦闘未経験の町人や農民らが多数を占めており、主力はすべて足高に赴いていた。そのため、丸一日ほどの対峙ではあったが、この牛久の攻防が戦闘に至らなかったことに、家臣らは胸を撫で下ろした。だが、重経は、大博打を打って足高を落としたにも拘わらず、未だ怒り収まらずであった。鬼怒川の堤の果てに広がる菫色の夕焼けに目もくれず、唯々憮然とした表情で帰路を辿るのであった。

9　秀吉の北条氏征討

重経が足高城を攻め落とした報はその年の秋、遠く大坂城の秀吉の許にも届いた。

「何やら、関東では猛然と北条に食らいついている暴れ馬がおるそうじゃな」

「佐竹方の多賀谷下総守重経と申す者のことかと。常州下妻の小大名でござりまする」

「面白い。こたびの行幸に呼び出し、供奉衆に加えよ」

「佐竹を差し置いてでござりまするか」

石田治部三成が驚いた顔を秀吉に向けた。

秀吉は京の聚楽第落成に伴い、後水尾天皇の行幸を予定していた。その折り、多くの地方大名に供奉させ、自らの権威を天皇に誇示する構えであった。それには、地方大名らに相応の官位を奏請し、任じなければならなかった。

「多賀谷は如何に」

「そうだな。大夫。修理大夫がいいとこじゃろう」

「ではそのように」

三成は秀吉の命ずるまま、多くの地方大名を奏請するため、使者を朝廷に向かわせた。

翌天正十六年二月。

常陸下妻城の重経に、秀吉によって奏請された官位が任じられた。

「なにゆえ、秀吉が儂に官位を」

「修理大夫とは、従五位下でござるぞ。自称の下総守とは訳が違いまする。それに鬼殿(佐竹義重常陸介)よりも位が上になられましたぞ」

そう長二郎に言われても、さして嬉しくない重経である。道誉から植え付けられた疑念が擡げ始めた。

「何か、思惑がありそうじゃ。しばらくは返礼を控えよ」

長二郎が諒承した。

案の定、それより数日後。秀吉からの書状が届いた。それは、聚楽第落成による行幸の報せであった。

「行幸に供奉せよとは驚いた」

「名誉なことでござりましょう」

「そのために上洛するのは、気が重い」

「聞くところによりますと関白秀吉様は地方大名に官途を与え、こたびの行幸に参集させるようで」

「儂もその中のひとりということか」

「名だたる大名のひとりに選ばれたのですぞ。それも、鬼殿（佐竹義重）を差し置いてでござる」

「うーむ」

重経は宙を見やった。その表情は晴れやかなものではなかった。

「まあ。断るわけにもいかぬ。すぐに上洛の仕度を申し付けよ」

「かしこまりました」

諒承した長二郎が部屋から出ていくと入れ替わりに、小姓が短檠《たんけい》に火を入れに来た。

それより、ひと月余りを経た四月、重経は上洛した。上洛するや否や、秀吉への謁見もないまま、石田三成という奉行から行幸までの予定を聞かされ、その三成の差配で手際よく館も宛がわれた。

行幸までの日を無聊で持て余すかにみえた重経であったが、同じ館に元摂津本願寺の坊官であった柴山監物《しばやまけんもつ》という武将がおり、間もなくその監物と親しくなった。その監物から振舞《ふるまい》（酒席）に呼ばれ、差し向かいで盃を交わす内に、互いの素性も知り得るほどの仲になった。

意外にも監物は銃の名人であった。根来衆や雑賀衆との取次ぎ役を織田家家臣の時代から続けてきたせいか、至って銃の仕入れや仕様に詳しかった。

重経は忽ち、監物に惚れ込み、連日、火縄銃の扱い方や、仕入れ方法を学んだ。

行幸当日は、馴れぬ烏帽子に直垂姿で奉迎行列に参列した。柴山監物の横に並び、粛然として歩を進めた。天皇の御前で畏まる間は些か興奮したが、それ以外は重経にとってさほどの高ぶりもなく、むしろ、退屈極まるものであった。

無事、行幸も終わり、重経は帰路に就いた。最後まで、秀吉との謁見の場は設けられなかった。

――何とも、尊大な御方よ。

聚楽第の大広間で、百にものぼる大名らを従えて天皇を迎え入れた秀吉の姿が脳裏に浮かんだ。主賓である天皇に自らの権威を見せびらかす秀吉の姿に、重経は些か嫌悪を抱いた。

――しかし、こたびの上洛は有益であった。あの監物に出会えたのだから。

早速、重経は、帰り次第、監物から教えられた銃の扱い方を家臣らに教え、更なる銃撃隊の強化に取り組むつもりであった。


それより、数ヶ月後。

大阪城の秀吉の許へ届いていた佐竹義重の書状が、ようやく、秀吉の目に晒された。

「よし。これで決まりじゃ。九州平均、行幸も終えたことゆえ、急いて、関東出馬の備えを立てよ」

命を受けて広間から出ようとした石田治部少輔三成を、秀吉が呼び止めた。

「待て。治部よ。名分じゃ。大義名分がないのう」

「名分でござりまするか？」

「そうじゃ。北条討伐の名分じゃ」

なるほどと、石田三成が座り直した。

「島津や伊達のように、あからさまに惣無事令に背いておれば、名分も立つのだが……」

確かに、ここ一年ほどは北条本軍は秀吉の出方を探っているかのように出馬を控えていた。

「佐竹を衝いて、北条をいくさにおびき出しますか」

秀吉は腕を組んで考え込んだ。

「それはあざとい。北条も罠と勘ぐるであろう」

「では、如何様に？」

「確か、真田の領地は、北条と接しておったな」

「仰せの通りで」

「ようし。早速、長政を呼べ。官兵衛もだ」

「はっ」

三成が駆けだしていった。

その背中に目をやりながら、秀吉は高笑いを始めた。

「佐竹ら東夷らめ。儂が動くことを見越しておる。小童共らが。ははは」

しかし、その笑いも直ぐに止んだ。

「伊達も侮れぬの。政宗は、若輩ゆえまだ儂の恐さを知らんようじゃ。一杯食わしてやらんといかん」

そう、詰まらなさそうに呟いた秀吉が、顎鬚から白髪を一本抜いて吹き飛ばした。

その後の秀吉による北条家討伐の工作をここでは詳しくは述べない。

翌天正十七年（一五八九年）には、上州名胡桃《なぐるみ》城を手に入れた沼田城主猪俣邦憲《いのまたくにのり》の勇み足が咎められ、これを関東惣無事令の公約違反と見なした秀吉が北条氏討伐を掲げたのである。北条側の弁明も聞き入れず、秀吉は東征に本腰を入れたのだった。

そして、翌十八年（一五九〇年）三月。いよいよ秀吉軍の先方である上杉、前田を中心とした北陸連合軍が上州に侵攻し、北条支城の松井田城を攻め落とした。

その後も、立て続けに、上州の北条支城が陥落すると、北条方の関東諸将らに戦慄が走った。

尚も、西軍の先駆けである福島正則らの部隊によって豆洲韮山城が陥落寸前に追い込まれると、歴然とした力の差を見せつけられた格好となり、北条方の中には密かに秀吉に与する者も出始めた。

そして到頭、防備を尽くした山中城までが、豊臣軍によって半日で落城すると、北条方の関東諸将らは一斉に箱根早雲寺の秀吉の許へ駆け参じ始めた。

佐竹義重は、その変わり身の早さを揶揄しながらも、複雑な思いに囚われた。

「我々連合は早くから通じておったゆえ、急いて秀吉の許に参じぬともかまわぬであろう」

道誉が義重ににじり寄った。

「いやいや。そうとばかりは言ってはおられませぬぞ。豊臣軍の猛攻を目の当たりにして、もはや、関東諸将らの殆どが秀吉に靡くこと必定。彼の者らの媚び諂いによっては、当家の立場が危うくなるやもしれませぬ」

「成り上がりゆえ、媚び、諂いには弱いかもしれぬ。じゃが、この佐竹は盤石じゃ。そう心配することもない」

道誉が納得して引き下がった。

「しかし、のんびりと構えてばかりはおれんのう。秀吉の本軍が箱根を越えるのも間もなくじゃ。なれば、我が連合も、順に参じねばならぬであろう」

「御意」

道誉が頷きながら、義重の顔色を窺った。

「して、館殿は如何いたしまする。伺候いたしまするか」

ふっと義重が額の金瘡を震わせた。

「儂は行かぬ。秀吉はどうも好かぬ」

道誉が眇めで笑った。

「ひと月前に、儂はせがれに家督を譲った。せがれをやれば十分じゃろう。わしは退隠の身じゃ」

「では、まずは、それがしが参りまする」

「いや。道誉殿は後でせがれと参って頂く。まずは、結城、山川、水谷、そして下総守(多賀谷重経)、いや、もとい。確か秀吉からの官途は修理大夫じゃったな。やつをやらそう」

突如、道誉が眉宇を曇らせた。

「修理大夫は別の組がよろしいのでは」

「なにゆえ、そのようなことを申す」

「多賀谷はすでに結城より独立しておりまするぞ。犬猿の仲の二人を同行させれば災いの元になろうかと」

義重が笑った。

「なあに。口先の軽い結城の監視役とするのじゃ。結城にとって油断のならぬ修理大夫が同行するとなれば、秀吉の前でも、そう容易く軽口をたたけんであろう」

暫し、沈思していた道誉であったが、ようやく納得したかのよう義重の前で伏した。

10　重経反抗

重経の肩が震えていた。

面前で、つい先ほど秀吉が洩らした言葉が、頭の中を駆け巡っていた。

——東夷。

この東国武将を侮った言葉。この言葉を呪詛の如く口中で繰り返すごとに、見くびられた憤りが増大していった。

そして、その憤りは、先ほどの悪夢の謁見を否が応でも鮮やかに蘇らせるのであった。

「そこもとは、確か……」

「常陸下妻城主多賀谷修理大夫重経でござりまする」

秀吉がほうという顔付きで顎鬚を撫で始めた。

天正十八年、五月。ここは小田原城を睥睨する笠懸山に築かれた城内である。秀吉による北条氏討伐に参陣するため、諸国の大名らは通称石垣山城と呼ばれるこの城に駆け参じ、秀吉に忠誠を誓っていた。

「その頬の金瘡はあっぱれなことじゃ。そなたの武功は西国まで届いておるぞ」

重経が改まって、深く平伏した。

「何やら、精鋭な銃撃隊を揃えておるそうじゃな。これは、これは。北条討伐に向けて、頼もしい限りじゃ。ここに褒美を使わす」

秀吉の目線で、傍らに侍していた小姓が小太刀を重経の前に置いた。

「これは、儂の脇差じゃ。下げ渡す。宝にせよ」

「恐悦至極に存じまする」

重経は平伏した。

「所領も安堵いたす。確か、六万石であったな」

「はは」

感極まった重経は叩頭した。ところが、秀吉は、続けて意外なことを申し渡した。

「その調子で結城家の力になってやれ」

「え？」

俄に重経が、叩頭したまま凝り固まった。

「ここに集まった諸氏は、皆、古くから結城家の与力と聞いておる。そこもとらも従来通りでおりさえすれば関東は平に治まる。頼んだぞ」

すでに、個々の拝謁を終えて、横に並んでいた、結城晴朝、山川晴重、水谷勝俊が平伏した。

「お待ちくだされ」

重経がこめかみに青筋を立てて言上した。秀吉が何だという顔付きで重経を見やった。

「恐れながら、結城家には、すでに、我が分家どもが十二分に仕えております。それゆえ、我が宗家におきましては、結城家とは何の関わりもございませぬ」

秀吉の眉根が動いた。

「今更、何を申す。この東夷めが。いや、もとい。修理大夫じゃったな」

東夷という秀吉の言葉に重経の体がぴくりとした。重経は、怯まずに鋭い目で秀吉を見上げた。

「当家は先代政経より佐竹と結びし間柄。爾来、結城家とは断交しておりまする」

「それが、如何いたした。旧に復して、結城の与力では不満と申すか」

重経が無言で平伏した。

つまらなそうに秀吉が白髪の顎鬚を一本つまみ、擦り始めた。

「どうやら、不服のようじゃな。それでは、この件は後日勘案することにいたす」

そう言い置いた秀吉は、俄に立ち上がり、広間を出て行った。帰り際、一度、平伏する重経を見やり、苦々しく咳払いした。

秀吉の去った後、変わらず平伏し続ける重経を余所に、結城晴朝は鼻で笑って、山川、水谷と共にそそくさと部屋を後にした。

秀吉から、見下された重経は、情けなさと怒りで打ち震えた。すぐにでも、秀吉が考えを改め、多賀谷家を独立大名として見直すことを渇望した。

しかし、数日経っても、秀吉からの呼び出しはなかった。重経は絶望し、秀吉に見切りをつけ、下妻へ無断で帰ることにした。丁度、入れ違いに、義宣や道誉が石垣山の城に到着したため、重経は道誉にだけ事の次第を打ち明け、早々に帰る仕度をし始めた。

ところが、その最中、偶然にも北条方武蔵忍城の攻撃に取り掛かろうとしていた石田三成から参戦要請があり、重経はこれ幸いとばかりに応じた振りをして関東に向かった。三成が忍城攻撃に手間取っている数日の間に、重経はこっそりと軍列から抜けだし、常陸下妻城に帰った。

　無断での離脱並びに帰国を知った三成は驚き、早速、このことを秀吉に報告した。

「関東の小童めが」

　秀吉はそう呟くと、傍らの御伽衆天徳寺《てんとくじ》宝衍《ほうえん》（元下野唐沢山城主）に向けて、多賀谷家の処分を尋ねた。

「彼の者は儂の顔に泥を塗りおった。まこと不届き者じゃ。さてさて、如何様に取り潰すか」

　宝衍が平伏して言上した。

「恐れながら、かつては、さほどの力も持たぬ多賀谷家でございましたが、今や、結城を凌ぐ大名と相成りました。これも後に鬼の佐竹が控えております由縁でございましょう」

「では、先にその鬼を取りつぶすことにいたそう」

　宝衍が慌てて取りなした。

「恐れながら、それは大層危のうございます」

　秀吉が、我が巨大な戦力を知らぬのかと言わんばかりの怒気を含んだ表情で宝衍を見下ろした。

「恐れながら、北条を差し置いて佐竹をお取り潰しなれば、北条は言うに及ばず、佐竹背後の伊達も欣喜し、尚もこの北条、伊達が手を組んで当家に刃向かえば、たとえ関白様でも、些か厄介なことになろうかと」

秀吉がなるほどと空を見やった。

「ならば、如何いたそう」

「お腹立ちはごもっとものこと。いっそ、北条を平らげられた後に、城でも破却させますれば修理大夫も身に堪えると存じまする」

「城の破却か」

秀吉はもうこれ以上、この件に時を費やすのが馬鹿馬鹿しくなったようで、即座にこの案を取り入れた。

その年の六月。北条氏直が家康の許へ和睦を申し出たことが契機となり、ついに小田原が開城した。城主氏政と氏照の切腹をもって、北条氏は滅亡に至り、秀吉は天下統一を成した。

それよりひと月後、意外にも多賀谷家からの使いが京の秀吉の許を訪れた。その使者はひとりの元服間もない少年を連れていた。

少年の名は光経《みつつね》。重経の嫡男である。

使者が手にしていた書状を黙読した秀吉は、俄に高笑いを始めた。

「あやつはこれで帳尻を合わせたつもりじゃ」

その書状を見せられた石田三成も、つい相好を崩した。

「なかなか、どうして。修理大夫もしぶとうござりまするな」

書状には以下の如く、秀吉への起請文であった。

一、多賀谷家の嫡男、光経は結城家の養子となり太田城に移住す由。
一、多賀谷家当主重経は、佐竹義重四男宣家を養子として家督を譲り、隠棲する由。

この書状にて、重経は、秀吉からの命である結城家の与力（家臣）という立場を、嫡男光経の廃嫡、及び結城家入嗣で表明した。

また、佐竹義重の四男彦太郎を養嗣子として貰い受け宣家とした。そして、自らは隠棲し、下妻城主をその宣家に譲り渡した。だが、無論、これは表向きの表明で、実際の権限は重経が掌握した。

これで重経は、秀吉の命に応じたつもりであったが、秀吉の方は怒りを解くまでには至らず、以後も重経を要注意人物と見做した。それでも秀吉は、一応、この起請文を受理し、重経が送りつけた光経を改めて元服し直させ、烏帽子親となった石田三成の一字を与えて、三経《みつつね》と名乗らせた。

うまく事が運んだにも拘わらず、下妻の重経は、この表明によって多賀谷家が下妻と太田の二家に分かれてしまい、家臣らもそれぞれに分断されたことへの不満を持った。

北条討伐を終えた秀吉は、懸念していた徳川家康を北条の旧領地へ移封させ、佐竹ら北関東豪族らへ、密に家康監視の命を与えた。無論、秀吉は、多賀谷重経にもこの密命を下したが、重経は無視した。

翌天正十九年（一五九一年）、秀吉は朝鮮出兵を計画、全国大名に出陣を命じた。戦乱の終結を当て込んでいた大名諸将らは、期待を裏切られ、再びいくさの備えに入った。重経も結城晴朝の与力として参陣するよう命ぜられたが、未だ、結城家配下の処遇を改めず、独立大名と認めようとしない秀吉に不満を抱いたため、病気と偽って参陣しなかった。

また、同時期、秀吉の養子であった徳川家康の次男秀康を結城家へ入嗣させ、秀吉との関係を盤石なものとした結城晴朝への憎悪も増してか、重経は二度と秀吉の面前に罷り出ることをやめた。

この年の木々が茜色に色づいた秋。舅となる道誉が病に臥した。昨年暮れから病状が顕れ、寝たり起きたりの日々であったが、ついに、臥所から離れられなくなった。

重経は早速見舞いに赴いた。

片野城の本丸館を訪れた重経は、道誉の顔から精気が失われていることに息をのんだ。

「父御殿。具合は如何でござるか」

「……おお、修理か」

「お顔色がよろしゅうございまする」

道誉が、ふっと溜息のような笑みを洩らした。

「……戯れ言を申すな。……儂はもうだめじゃ」

重経が躙りよった。

「何を申されまする。猛将と謳われておる父御殿でござる、直に快癒いたしまする」

「もう、よい」

道誉が無理に起き上がろうとしたため、近侍がすぐに、道誉の体を支えた。

「……儂は、おぬしに申しておくべきことがある」

重経が何事かと枕辺まで膝行した。

「……若もまた、……随分と酷いことを」

重経は、直ぐに道誉が何を申したいかが分かった。

北条氏滅亡後、佐竹義宣は、立て続けに水戸、府中城を攻め、江戸、大掾氏を滅ぼした。尚も、鹿島、行方両郡に散在する大掾氏一族、いわゆる南方三十三館を太田城に招き謀殺した。

これにより、佐竹の常陸統一が完了したわけであるが、道誉や、佐竹に与同していた国人衆らは、余りにも佐竹らしからぬ没義道なやり方に、疑念が生じていた。重経もまた、義宣のやり方には、いささか度が過ぎた感を抱いていた。

ちなみに、丁度この常陸統一がなされた頃、義宣の正室（正洞院）が自害した。そのため、側室であった重経の長女がそのまま正室の座につき、より佐竹、多賀谷両者の結びつきが深まることになった。

「……修理。若を見てやってくれ」

「父御殿。あれは、すべて秀吉の承認を得たことゆえ、致し方ないことでござります」

秀吉と聞いて、道誉は目を剥いた。

「そ、その秀吉じゃ」

「秀吉？」

近侍から手渡された白湯を一口含んだ道誉が続けた。

「彼の大将も儂と同様、そう長くはあるまい」

道誉がきっぱりと告げた。

「儂は、小田原での謁見で、戦略を問われた」

「戦略？」

「……そうじゃ。秀吉は儂の戦法を馬鹿にしおった」

「なんと！」

「わ、儂の持久戦案を嗤い、総責めで根刈りにするとまで申した」

「根刈り！」

道誉が残った白湯を一気に飲み干した。

「結局、小田原は……持久戦に耐えきれなくなった氏直が和睦を申し入れた。儂の思った通りじゃ。……根刈りなどと気安く申す秀吉など、先がみえておる」

重経が頷いた。

「……おぬしはまだ若い。それゆえ、暫くは秀吉の下で堪え忍ばなければならぬ」

重経が憤懣やるかたない顔で道誉に訴えた。

「それがしは秀吉の下には付きませぬ」

「ほう」

流石に疲れたとみえ、道誉が仰臥した。

「秀吉に刃向かうつもりか」

「はい。東夷などと侮る御仁は大将ではござりませぬ」

ふっと道誉が笑った。

「……修理、命を無駄にするな」

「うまく立ち回りますゆえ、心配は無用でござる」

「……そうか」

そう言って大きく息を吐いた道誉が目を閉じた。そして、そのまま眠りについた。

暫く、その寝顔に見入った重経は、僅かな胸騒ぎを覚えたが、その日は、下妻へ帰った。

しかし、重経の胸騒ぎは、それから、十日も経たぬ内に現実となった。太田三楽斎道誉死す。行年六十九であった。佐竹義重を含め、多くの近郊国人衆らの弔問使が片野を訪れた。重経もまた、舅であり、いくさの師であった道誉との別れを惜しんだ。

――父御殿も遺言としてああ申されたのじゃ。秀吉など、何様のもんじゃ。

重経は、道誉が死んだことで、一層反秀吉の姿勢を貫く決意を持った。

翌天正二十年春、重経の領内で、家植開基以来、多賀谷家数代に亘り保護されてきた曹洞宗多宝院が堂舎再建を願い出た。これを聞き入れた重経は、早速その部材を捜したが、下妻城下には適当なものがなかった。そこで、ここ何年も下野国長沼の宗光寺に住持が居ないことを耳にしていた重経は、早速この堂宇に目を付けた。

夜間、重経は郎党らを引き連れて、宗光寺境内に押し入り、突如堂宇を壊し始めた。寺の僧侶らが慌てて境内に飛び出したが、武具で固めた重経の部隊の前では為す術も無く、手を拱いて崩れゆく堂宇を見守るだけであった。

こうして、僅かいっとき（二時間）ほどで取り壊された堂宇は、下妻城下に運び込まれ、多宝院の堂宇再建のための部材として使用されるはずであった。だが、宗光寺は天台宗であり、曹洞宗の多宝院とは建築様式が違ったために部材とはならず、やむなく重経は運び入れた宗光寺の堂宇を下妻城館の増築に使ってしまった。

一方、寺が取り壊され、居場所を失った僧侶らは近郊のそれぞれの寺に駆け込んだ。その中のひとり、亮弁《りょうべん》は常陸不動院に駆け込んで、そこの住持に寺の惨状を訴えた。

常陸不動院は長い間、住持も居ない荒れ寺であったが、数年前に高徳な僧正が入り、復興を遂げていた。

亮弁から事の子細を聞いた僧正は、早速、宗光寺に出向いて、その惨憺たる姿に目を被った。

「これは許しがたい暴挙である。手を下した者は罪を負わねばならぬ」

僧正は、亮弁と相談した後、下妻城主多賀谷重経の不届き千万な振る舞いを上方の秀吉に報告することにした。この時、事の経緯や惨憺たる状況を秀吉に訴えた僧正こそ、彼の天海《てんかい》僧正である。

後に、この天海は徳川家康の手厚い信任を得て、徳川幕藩体制の礎を築く一端を担った。

数日後、天海からの訴えを受けた秀吉は激怒した。先の朝鮮出兵にも出陣しなかった多賀谷家への不満は募っていたが、この天海の訴えが秀吉の怒りに油を注ぐ結果となった。

秀吉は朝鮮不出馬の不義不忠を名分として、多賀谷家に罰を下すことにした。その罰こそ、かつての天徳寺宝衍の案を取り入れた下妻城破却であったが、秀吉はそれだけでは怒りが収まらず、加えて金千枚を反則金として献上させることにした。早速、この命を使者に持たせ、関東へ下らせた。数日後、重経は下妻城で秀吉の書状を受け取った。

「けっ。秀吉が再び、いちゃもんを付けてきたぞ」

「上意でござるぞ。如何いたすおつもりでござるか。修理殿」

重経はかったるいとばかりに大きく欠伸した。

「放っておけば、いずれ奉行が訪れるのではござらぬか」

宇都宮朝勝《うつのみやともかつ》が不安げなまなざしを重経に向けた。重経は、相変わらず欠伸をしながら背中を掻いている。

宇都宮朝勝は宇都宮広綱の次男である。天正五年に北条方から佐竹方となった結城家に入嗣し、結城家当主となっていたが、隠棲していた晴朝の画策により、秀吉の養子であった徳川家康の次男秀康が新たな結城家嗣子として迎えられたために、突如、結城家を退くはめになった。

やむなく実家宇都宮家に戻った朝勝は、母が佐竹義重の妹であることから、当主国綱より佐竹ら常陸、下総国衆との外交役に命じられ、頻繁に佐竹家や多賀谷家に出入りしていた。

「なあに、奉行がわざわざ西国から来ることもなかろうが、一応、念には念を入れて、生垣くらいは取り外すことにいたそう」

重経がそう言い放って、高笑いした。

「して、金子の方は如何いたしまする」

そう朝勝に問われた重経は、急に真顔になり、暫し、考え込んだように沈思した。

――金千枚など無茶難題を押しつけることぞ。くそ。憎き秀吉めが。

重経は金千枚を差し出すことなど馬鹿らしいとばかりにこの件は放って置いた。

この頃の重経は、佐竹義重を継ぐ板東武者として、その勢いは止まるところを知らなかった。佐竹の常陸統一とともに、重経の武勇も上昇し、かつての北条方国人衆も続々と従属の姿勢を見せ始めていた。将に、この時期の重経は、自信に満ちあふれていたのである。

ところが、その自信が災いした。それより数ヶ月後、事態は急変する。

早朝、大手門辺りが騒がしい。何事かと、重経自ら赴くと、甲冑姿の威風堂々たる武士が門番に詰め寄っていた。

「何事ぞ」

門番の許に駆けつけた重経が、武士に目をやるやいなや、暫し、体が硬直し動けなくなった。その武士の重経を見詰める眼光が余りにも強烈であったためである。

更に、その三十ほどの武士の背後には恰幅の良い壮年の武士が、やはり馬上から重経を見下ろしていた。

「これは、一体……」

呆然とする重経に向けて、若い方の武士が袂の書状を高々と掲げ、大音声に言上した。

「それがしは徳川家家臣井伊直政と申す。こたびは太閤殿下の命を受けて奉行としてこの地に参上仕った。それがしの後にお控えせしは、徳川家の重鎮である関東総奉行、榊原式部大輔康政殿でござる」

――こ、これが名だたる徳川四天王か。

「早速ではござるが殿下の上意書を預かっておる」

直政が重経に素早く書状を手渡した。重経は不安に駆られながらそれに目を通す。

――城破却を命ず。

不安が的中した重経であったが、動揺を覚られまいと態と低い声で直政に問うた。

「これはすでに決まったことであるか」

「その通りでござる」

「それでは、何時取り壊すつもりじゃ？」

重経の頭の中では、時があれば徹底抗戦する構えであった。

だが、直政はきっぱりと告げた。

「本日、これより執り行います る」

「何！」

直政が大きく手を振り上げると、後方で控えていた榊原が、いつの間にか寄り集まった人足らに「往け」と下知した。

一斉に鉈や鋸、小槌や金砕棒を持った人足らが重経の前を走り抜け、増築したばかりの二の丸館に向かった。重経があわてて後を追ったが、その人足らの足は速く、到着するやいなや、いきなり持っていた小槌や金砕棒で館を壊し始めた。

「何をする！」

止めようとする重経など気にも止めず、人足らは乱暴に館の壁に小槌を振り下ろし始めた。無惨にも館の板壁は剥がれ落ち、柱は折れて、部屋の内部が見え始めた。

「止めろ。止めてくれ」

そんな重経の声など、建物が壊されてゆく騒音に掻き消された。

重経は慌てて本丸に戻り、火縄銃を取り出し、数名を伴えて再び、破壊が始まった二の丸に向かった。そして、取り壊し中の人足に向けて銃を構えた。

「覚悟いたせい」

まずは、威嚇の一発を放った。玉は人足の鉈に当たり、鈍い金属音とともに打ち落とした。

その光景を見て、直政が厳しい顔で歩み寄り、低い声で告げた。

「おそれ多くも、太閤殿下の命でござるぞ。ご乱心めさるな」

重経は構わず、銃口を直政に向けた。

「ほほう。それがしを撃つつもりか。これ以上、事を荒立てれば、御家は取りつぶしとなりますぞ」

尚も、無言で銃口を向けていた重経であったが、直政の動じない態度に気後れしたか、突如、銃口を天に向け、一発放した。それから、くそと大声を上げた後、銃を放り投げて城から出ていった。

側近らが慌ててその後を追っていった。

やがて、二の丸館は茅葺き屋根が沈み落ち全壊した。尚も、人足らは小休止の後、本丸に向かって館の一部を打ち壊してから、ようやく直政らと引き揚げていった。

夕刻。本丸から城下の多宝院に避難していた家人らが様子を窺いに城に戻ると、その惨状に思わず顔を伏せた。

「御館様は如何なされた？」

重経の姿は一向に見えない。

「御館様はお怒りで打ち震えておられるのだ。いかに太閤様の御下命とあれども、これは大層酷いことを。東国の小大名にこれほどの仕打ちをなさらぬとも……」

家人や近臣らは暗い顔付きで溜息をついた。その日、深夜になっても重経は城に戻ることはなかった。

11　秀吉の死

多賀谷家に対する秀吉の仕置きがあった日から数ヶ月過ぎ、年が変わった。

初日の取り壊し直後、重経は慌てて掻き集めた金一千枚を秀吉の使者に献上した。

城は破却、没収という名目であったが、この反則金が納められたことで、秀吉は文禄の役不参陣の咎を許した。以後、人足らがやって来ることはなかった。

しかし、家中では、再びの仕置きが始まるのではないかと不安に駆られ、太田城の三経を頼って去ってゆく者も続出した。この頃から、本家下妻多賀谷氏は、財政が困窮し前途に暗雲が立ち籠め始めたのである。

「くそ。秀吉めが。何様のもんじゃ。もう我慢も限度じゃ。呪ってやるぞ」

そう重経は息巻いた。

――独峰がいればの。

独峰は多賀谷政経、重経二代に仕えた高僧である。調伏、祈禱を得手とし、多賀谷家の戦捷祈禱に一役買って、多くのいくさを勝利に導いた。天正十三年に示寂している。

とある日。重経は檀那寺である城下の多宝院で、住持と面した。

「不山よ。調伏を命じる」

不山等智《ふざんとうち》は独峰の一番弟子である。独峰直伝の調伏法を会得していた。

痩せ細った不山ではあるが、熱い眼差しで重経を見上げた。

「して、怨敵は？」

「秀吉じゃ。憎き奴。念入りに頼む」

秀吉と聞いても、さほど不山は驚かない。

「かしこまりました。今宵より始めましょう」

その日の晩から不山による調伏が始められた。

仏殿内では赤々と蠟燭が灯り、護摩も焚かれた。

その様子を満足げに眺めながら、重経自らもその日から呪詛を繰り返した。

それより数年が閲した。

事態は好転した。秀吉が突如、病床に就いたのである。

本丸館は一部が破壊されていたため、多宝院の庫裏に身を寄せていた重経は、その報を聞き入れると、忍従から解き放たれように、くわくわくわと笑い出した。

「秀吉め。天誅じゃ。やはり、調伏が効いたと見える。年若なれど、不山もなかなかのものじゃ。よし。直ぐに城の手直しじゃ」

早速、重経は損壊した館の修理を開始した。

それでも重経は、未だ、金一千枚の恨みがなかなか晴れなかった。

秀吉の発病がもう数年早ければ、みすみす大金を渡さなくとも済んだとの悔しさがこみ上げてきた。

「あの金子があれば、鉄砲を十分揃えられたのにのう」

重経は、秀吉の世となり、いくさが終結したにも関わらず、未だ、いくさの備えには余念がなかった。特に、天正十六年、延べ鉄砲千挺を買い入れて、主家佐竹にも劣らない下妻千騎と云われる銃撃部隊を造り上げてからは、関東最強の軍備を整えることに専念し、結城などの近隣大名に武威を見せつける所存であった。

「あと五百もあれば、あの賢しらな晴朝も恐れを成して、儂に屈服するであろう」

結局、重経は、それより数日、算木を置いて熟慮した結果、以前からの買い入れ先である京の商人観世小三郎から借金をして、再び五百を購入することにした。万が一、借金を断られた時は、柴山監物から紹介を受けた商人を堺に尋ねるつもりでいた。

早速、近臣の菊池越前守長二郎を呼び出し、西国への買い付け、並びに秀吉周辺の状況を探らせることにした。京の文化人にも顔が広い長二郎は、再びの西国往きを了承し、数日後、京へ旅立った。

それより、数ヶ月が経った。二の丸、本丸の館修復がほぼ完成した頃、長二郎が帰国した。

「銃の買い付けは上手くいったか?」

「ご心配なさらずとも、無事、五百買い付けて参りました」

「小三郎殿は融通が利いたか」

「最初は難色を示しましたが、柴山監物様の名を挙げると、途端に表情を変え、快く貸して頂きました」

「やはりの。それにしても大義じゃ。これで、この多賀谷家も関東の雄となり、あの結城の鼻っ面をあかしてやるぞ」

「おやおや。主家（佐竹）を差し置いて、そのような大言は慎しむべきでござりましょう」

そう、諫言した長二郎が、思わず笑いだし、それを見た重経も釣られて笑い出した。

ふたりの哄笑が修復された部屋内を満たしたが、突如、重経が笑うのを止め、真顔で長二郎に詰め寄った。

「して、伏見は如何であった？」

長二郎が徐に重経に躙り寄った。

「どうやら、重いご様子」

重経の目が瞬いた。

「それはまことか」

「危篤とも」

長二郎はそう顰めいた。

重経が思わず立ち上がった。

「そうか。それは重畳。これも冥加であろうぞ。憎き秀吉の命が尽きるならば、当家も安泰じゃ」

重経は袂から扇を取り出し、忙しなく扇ぎだした。額からは汗が噴き出している。

「不山に申し付けよ。今宵から、調伏にいつもの倍の時をかけよと」

初夏の蒸した空気が部屋中に立ちこめていたが、その顔付きは不快などころか、今にも笑みが溢れんばかりの喜びに満ちていた。

この頃、佐竹家は、当主義宣が近江佐和山城主石田三成との関係を深めており、秀吉の幕政下での地位を確保していた。

しかし、重経は義宣とは縁戚関係でありながら、佐竹家の秀吉贔屓を鼻白んでいた。

――先代（義重）とは器が違う。

義宣と顔を合わせる度に、声には出さぬが、心の奥で嘆いていた。

――秀吉が死ねば、儂は義宣にも三成にも従わん。

重経は同盟者である佐竹と足並みを揃える振りをしながらも、密かに独自の道を往こうとしていた。

案の定、それよりいくらも経たぬ内に、秀吉が死去した。慶長三年（一五九八年）のことである。

この報を聞き入れるや、重経は快哉を叫んだ。早速、秀吉生存中は派手な行動を慎んで我慢していた寺の伽藍造築に着手した。自らの出家用寺院、覚心院である。

覚心院は、独峰が存命中に建立した寺で多宝院の末寺である。この寺の創建に重経は骨を折った。

生前、独峰は、重経が斬罪にしようとしていた罪人を匿って僧侶にさせ、その僧侶と共に下野国長野へ出奔したことがある。

独峰は父の代からの住持であるから、重経は独峰を何度も呼び戻そうとした。しかし、独峰はそれを拒否して帰ろうとしなかった。そのため、重経は新たな寺院を建立して、そこの住持に迎えることで、独峰の機嫌を取ることにした。そうしてようやく独峰は帰還し覚心院が建立されたのである。しかし、伽藍は未だ整わず、この年まで野晒しの状態であった。

「これで、ようやく儂も入道できる」

出家を決めた重経は、この度の秀吉の死の功労者である多宝院住持不山を手厚く持て成した。独峰との苦い経験を踏まえてのことである。

また、この出家に併せて、重経は祥円と号し、領内政務は家督を譲った宣家に任せた。

また、自らは覚心院の伽藍が整うと、早速仏殿に入り、勤行の日々となった。

注釈（本稿では、すでに入道した大名らの名はあえて法号は使わず、重経を含め、すべて俗名で通す）

12　関東の関ヶ原戦

秀吉薨去後、大方の武将らは、秀吉の死後も豊臣家は揺るぎないものと見ていたが、それでも、内実を知る者は、その後継を巡って、三成派と反三成派に分かれることを見抜いていた。

武断派と呼ばれる反三成派は、秀吉の死後、早速、三成を糾弾するため動いた。秀吉の愛妻おねに育てられた、浅野、加藤、福島、黒田らに加え、細川、蜂須賀ら秀吉恩顧の武将から追われた三成は、止むにやまれず、敵対視していた徳川家康の許に逃げ、匿ってくれるよう願い出た。

反徳川の中心人物である三成であったが、家康はこれを受け入れ、自らの屋敷に三成を保護した。駆けつけた武断派の武将らを説得した後、家康は三成を佐和山城に蟄居させた。

この報せは、直ぐさま関東にも拡がった。

「これで、内府の株は一気に上がったことぞ」

「なあに。内府の腹黒さは知れたこと。諸将を取り込もうとの作意が見え見えじゃ」

義宣が憎々しく吐き捨てた。

重経は頷きながらも、家康の力が並々ならぬものであることを悟った。

その後、重経らの予想通り、家康の台頭は著しかった。決定的だったのが、五大老のひとり前田利家が秀吉に続いて亡くなったことで、これが追い風となり、家康は大老筆頭として大阪城西の丸に入り、事実上、豊臣家の政権を手中にした。それを受けて、秀吉恩顧の武将らも、大半が家康に靡くことになった。

佐和山に蟄居した石田三成は、この家康の専横が面白くなかった。それゆえ、三成は、毛利、上杉、佐竹らと連絡を密に取り合い、向後の対策を練った。


「いくさとなるかもしれぬ」

久方ぶりに宇都宮朝勝が越後より戻り、下妻城下の覚心院を訪れている。

「いや、もう、間もなくでござろう。これは間違いなく、大いくさでござる」

重経は、この朝勝の言葉に修行の身を忘れて、心沸き立った。

文禄、慶長の役にも病と偽り、長らく参戦していなかったことで、いくさに餓えていた。早速、出家の立場ながら、先に買い揃えた火縄銃を含めて鉄砲隊千騎余りを準備し、宣家に先駆けて何時でも、出馬できる態勢を造り上げた。

慶長五年（一六〇〇年）、重経の予想通り、家康からの越後上杉景勝の上洛要請が拒否されたことで、家康は、急遽、その年の四月二日、会津上杉家討伐のため出馬することになった。

家康は、秀吉薨去後、内々に各大名らと通じており、手応えを得ていた。ここで、大いくさを誘発させ、一気に三成勢を打ち破れば、天下人として君臨できると信じていた。

この家康の狙いは的中し、それより二十日ほど後に上杉との挟撃を目論んだ三成が挙兵し、俄に決戦の火蓋が切られたのである。

この時期、佐竹家の動向は定かではなかった。当初家康からは、上杉討伐に加勢せよとの要請が佐竹義重の許に届いていた。以前より、家康とは、太田三楽斎を仲立ちとして通交していた義重であったから、早速、この家康の要請に従い、義宣を中心に麾下の佐竹勢力を仙道口に布陣させようとしたのである。

しかし、義重の嫡男義宣は、父とは反対に西軍石田三成と密に連絡を取り合い、上杉景勝との連携を築こうとしていた。そこで、上杉への使者は重臣の小貫頼行《おぬきよりゆき》とし、仲介者には従来の東義久ではなく、大胆にも、結城家の嗣子を羽柴秀康に奪われた宇都宮朝勝を起用した。

慶長二年、秀吉の重臣浅野長政の入嗣を断った宇都宮家は、突如、改易となり、領地を没収され、実質的に廃絶した。実家の宇都宮家に戻っていた朝勝は突如、居場所を失い、やむなく母の実家である佐竹家を頼った。佐竹家では、退隠していた先当主義重が事情を汲み、朝勝を客将扱いとしていたが、義宣は、上杉家との外交を任せた。

朝勝は数回に渡り、会津へ赴き、三成や義宣の意向を伝え、また、景勝からの援軍要請を義宣に伝えた。これを受けて義宣は、父義重にも秘して兵を会津に送った。

ところが、この義宣の動きを察した隠居の身の義重は、西軍に荷担する義宣を見るに見かねて太田城に呼び出した。

「おまえは間違っている」

いきなり、そう告げられ、義宣は動揺した。

「家康と三成。両者の器量を、おまえは見誤っておるようだ」

義宣は項垂れたままである。

「家康は食えぬ大将だが、あれで、なかなか懐が深い」

「内府殿は亡き殿下の遺言を蔑ろにし、専横の限りを尽くしておりまする」

義重が首を振った。

「確かに。確かに家康は主権を握っておるが、彼の御仁は秀吉ほどの私欲はなかろう。それが見えんとこの佐竹家もこれまでの地盤を失うことになる」

反論すべきか否か、躊躇っている義宣に向けて、暫く義重は黙していたが、突如、意外なことを申し加えた。

「……しかし、いくさは何が起こるか分からん。どちらに勝敗が決するかは時の運じゃ」

「……」

無言の義宣に畳み掛けた。

「聞くところによると、真田などは、親子で東西に分かれておるようじゃ。御家存続のためには、これも一考に値する」

「ならば……」

義宣が見上げると、義重が大きく頷いた。

「佐竹はおまえが当主じゃ。おまえの好きにせよ」

父に咎められるばかりと思い込んでいた義宣も、思い通りに任せられた喜びで気力が沸き起こった。だが、惣領家を任せられたという責任も重く、向後の権勢の行方を十分見極めなければ、今まで築いてきたものをすべて失う恐れがあった。そのため、慎重に事を進めなければならなかった。

とりあえず義宣は、表だった西軍への加勢は取りやめ、家康に命じられた通り、仙道口防衛のため水戸城へと帰った。

だが、水戸城に戻ると、示し合わせたように上杉からの使者が訪れていた。この度は宇都宮朝勝ではなかった。

「それがしは福島掃部助と申しまする。こたびは単刀直入に会津中納言様（上杉景勝）からの御言付けをお伝えに参りました」

それはとても言付けなどと言えるような生易しいものではなく、将に密約そのものであった。

――棚倉赤館《たなくらあかだて》において家康軍を挟撃すべし。

こうした密約を予想はしていた義宣も、流石に福島という使者を眼光際立たせて見据えた。

「石田治部様も右京大夫殿の御加勢に期待いたしております」

義宣は石田三成には大きな借りがあった。

慶長二年の宇都宮家改易に併せて佐竹家の改易も取り沙汰された。しかし、三成の秀吉への取り成しがあり、佐竹家は難を逃れた。また、太閤検地による佐竹領五十三万石安堵も三成の力が大であった。

結局、義宣は密約に応じ、先に同盟者の多賀谷重経を赤館に向かわせた。

重経は、義宣の態度が一貫していないことに不満を抱いていたが、ようやく家康挟撃の構えを見せたことで納得して北上した。

しかし、数日、赤館城に在城した重経も、いつやって来るか分からぬ家康軍をじっと待つことに耐えられそうになかった。

丁度、佐和山の三成がもう間もなく挙兵するとの報せが陣営に届いたところである。更には　家康の部隊が、古河城を出て下野小山に向かっているとの情報も入り、もはや、いてもたってても居られなくなった重経は、意を決した。

その日の夕刻。重経は同陣していた宇都宮朝勝を振舞（酒席）に招いた。朝勝は、数日の内に再び会津の上杉景勝の許へ行くことが決まっていた。

「夕刻。家康から小山への参陣を求められた。右京大夫（義宣）もじゃ」

「すると、家康は会津へは往かぬつもりでござるな」

「如何にも」

一気に盃を空けた重経は赤ら顔で申した。

「それで、小山へは？」

朝勝の問いに、重経は首を振った。

「行かぬ」

「ならば、叛意ありと見られますな」

「かまわぬ。主家（佐竹）も行かぬようだ」

朝勝がにやりとした。

「では、さぞ山城守（直江兼続）がお喜びになられましょうぞ。佐竹と組みいたせば、景勝様も勝利を疑うことはなかろうかと」

「無論、儂も疑ってはおらぬが、些か、こうして待つことには辟易した」

朝勝が笑いながら、片口を重経の盃に持っていった。

「まあ。そう急かんでも、徳川に勝ち目はござらん」

「しかし、宇都宮では結城少将秀康が上杉の南下を阻止しようと陣取っておる。せがれも、同陣しておるはずじゃ」

朝勝が、俄に怒気を含んだ表情に転じた。

「憎き、秀康めが。儂は未来永劫、祟ってやるぞ」

その表情を見て取った重経が、朝勝に躙り寄った。

「それに、伊達や最上の奥州勢も徳川に味方し、兵を集めておる。おちおちしていれば、東軍勢力は、家康の口車に乗った武将らで膨れあがるであろう」

「ならば、早い内にいくさとならねば」

重経が盃を一気に呷った。

「そこでだ」

朝勝が重経の顔を凝視した。

「儂は、抜け駆けで夜討ちをかける」

「夜討ち？」

「そうだ。おそらくは、明後日、家康の一行が小山祇園城に到着する。その晩を狙う」

朝勝は愕然として、目を見開いた。

「そ、それは、余りにも大胆、且つ、無謀な策でござる」

「いや。無謀ではない。勝算はある」

確かに、着城した間際を襲えば、備えの無い徳川勢は慌てふためき、擾乱することは目に見えていた。

だが、夜襲は、武士にとって不義である。

この武士の意識は、すでに上方では滅んでいる。しかし、未だ関東では東夷由縁の質実剛健さが色濃く遺っていた。

「主家（佐竹義重）は抜け駆けを快く思わぬはず。それに、西方の石田治部殿もそうした謀を好まぬと聞きますぞ。まずは館殿（義重）に裁量を仰いで頂いては」

朝勝の言葉に、重経は長い溜息をついた。

「館殿（義重）は徳川方じゃ。せがれは、それに反しようとしている。儂は、面目ないが、館殿を見限り、せがれに与した。儂が家康を討ち取れば、せがれの手柄となるであろう。なれば、夜討ちを責める者もおらんはずじゃ」

その晩、ふたりは互いに盃を酌み交わし、互いの戦功を願った。

翌未明。重経は、密かに自らの部隊を引き連れ、赤館城の陣を抜け出て南下した。

重経にとっては秀吉が死んだことで、暫くは怒りの矛先が定まらなかったが、大いくさを前にして、ようやく、その対象が定かとなっていた。

――我が城を破壊した憎き徳川家四天王め。主君家康共々葬ってやる。

重経は徳川の部隊が、翌日の夕刻に下野小山の祇園城着陣することを手下より聞き込んでいた。すかさず、その晩にいきなりの夜襲をかけることにした。

――着陣初日とあらば、敵は備えも万全ではない。慌てふためいて、同士討ちするのが関の山であろう。

重経は新たに編制された銃撃隊を伴って、小山祇園城に向かった。

13　多賀谷家改易

慶長五年七月二十四日、申の刻。家康率いる上杉討伐に向けての征討軍が下野小山祇園城に到着した。早速、各々の部隊は荷を下ろしてくつろぎ、また、家康や有力武将らは翌日の評定のために早めに部屋に入った。

夜も更け、篝火に立つ番卒も疲労の表情を浮かべ始めている。

その目と鼻の先の、本丸と二の郭の間の空堀に数人の火縄銃を手にした重経の先兵らが城内の様子を探っていた。

重経もまた、その後方の思川《おもいがわ》を挟んだ河川敷で、じっと城内の様子に見入っていた。横には初陣の宣家が緊張した面持ちで待機している。

重経は最前より、突撃の機を窺っていたが、なかなか下知できずにいた。

——何の気配だ？

館は、本丸、二の丸を含め、灯りはなく、寝入っているようであった。だが、なにやら闇に包まれた城からは不穏な気が漂ってくる。

途中、徳川家康次男秀康の陣営がある宇都宮を大きく迂回したために、小山祇園城到着は大幅に遅れ、重経部隊の疲労も大きかった。重経自身も些か疲労感を覚えていたが、何とか気を奮い立たせていた。

――勘ぐり過ぎかもしれぬ。

自らの思い違いであろうと、一切の雑念を排し、突撃の命を下そうとしたところ、今度ははっきりと馬の嘶きを聞いた。

――こんな真夜中に何故馬が？

そんな疑念を抱く余裕もなかった。

突如、後方で砲撃の音が炸裂した。寸刻続いたその爆音が止んだ時、思川で待機していた隊列からの使者が慌てふためいて駆け寄り、わなわなと震えながら重経の前に跪いた。

「恐れながら、突如北方上流から現れた数艘の船からの砲発で、後詰め部隊は攪乱され、川向こう一里まで退却いたしました」

「何！」

事態の急変に重経は面食らった。だが、ここで、このまま引き下がる訳にはいかない。えいと右手の軍配を振り上げた。

それを合図に空堀に潜んでいた先兵らが一斉に本丸目指して駆けだした。しかし、急峻な空堀を駆け登ろうとしたところ、三の郭手前の馬出から威嚇射撃を受け、前進適わず、じりじりと後退していった。

間もなく、前進不可との報せを使番から聞き入れた重経は、慌てて先兵らを退却させた。一発の銃も発射せぬ内に、退却せざるをえない不甲斐ない事態に、重経は咄嗟にこの夜襲策が家康に漏れていたことを覚った。

――なにゆえ、これほど早く知れ渡ったのか。

重経は天を仰いだ。

――そう言えば。

重経の脳裏にあの晩の朝勝の表情がまざまざと蘇ってきた。あれは、重経が夜襲をかけると告げた時であった。

――あの惚けたような顔は、驚きと戸惑いの何ものでも無かった。ま、まさか。あやつめ、裏切りおったか。

重経の咄嗟の思いつきは間違いではなかった。事前に重経の家康夜討ちを知った宇都宮朝勝は、その日の深夜の内に佐竹義宣の陣幕に走り、重経の企てを報せた。驚いた義宣は、夜通し、対処を考えた末に、意外にも、家康の陣にこのことを報せることにした。義宣は、この夜襲を事前に報せることで、まずは家康からの信用を得ておくことが得策であると判断した。東西、どちらにも転ぶ柔軟な姿勢こそ、惣領家が生き残る最善の策であると判断したのである。

義宣が送り出した急使から、この夜討ちの件を聞き付けた家康は、真偽を検討するまでもなく、祇園城に到着するや否や、守備を固め、また、鉄砲隊を各所に置いて、夜襲に備えた。

そうとは知らずの重経の部隊は、将に飛んで火に入る夏の虫と言えた。

馬出郭から、再び威嚇の銃声が鳴り響いた。

その大音に横の宣家が震え始めた。

——これでも、こやつには鬼殿の血が流れておるのか。

宣家の様子に呆れた重経であったが、直ぐに気を取り直し、戦況を把握しようとした。

やがて、もはや進撃困難と見た重経は、急遽、一斉退却の命を下した。それとともに退路を断たれる恐れがあるため、自らも逃走を開始した。

幸い、城からの追っ手はなかった。逃走に転じて重経は、ようやく、義宣に裏切られたことを思い知った。

――おのれ。義宣めが。姻戚を築いていながら、儂を捨て石の如く扱いおって。

その夜中。無論、重経は棚倉の陣営には戻らず、また、反逆者として城を囲まれる懸念もあったため、下妻へ帰ることもやめた。

思い巡らした末に、下妻からは些か遠い、武蔵府中に向かった。府中には、多宝院で修行した独峰の弟子が興した小寺がある。とにかく、そこに暫く潜んで、戦況を見極めようとした。重経は、この府中へは小姓の豊丸ひとりだけを連れて行くことにして、宣家や他の家臣らには城に戻るよう申し伝えた。

だが、府中に赴く重経は、再び下妻へ帰れぬことになろうとは思いもよらなかった。

――こたびの夜討ち。家康に儂の仕業と知れたからには、何としても、西軍に勝ってもらわねば。

府中に向かう払暁の道すがら、重経は、柄にもなく、前途に些かの不安を覚えた。

それより、ひと月半後の関ヶ原戦は、重経の期待とは裏腹に、勝敗が一日の内に決した。義宣と通じていた西軍大将石田三成は捉えられて処刑された。

家康率いる東軍勝利の報を府中で聞き入れた重経は、周章狼狽して天を仰いだ。

――こ、これで終わりなのか。佐竹はどうなった。……儂は、これからどうなるのだ。

重経は、下妻城に在城している家臣や家族のこと思いやる以前に、自らの向後の立場に多大な不安を抱いた。その不安は、前途を見失うほどに日を追って増幅していった。

――まずいことになった。儂は、いずれ、弾劾されるであろう。最悪、徳川の捕吏がやって来るかもしれぬ。

勝敗が決した動揺も収まった頃、重経は、総髪を剃り落とした。一応、謝罪の意志を表した格好であったが、内実は、僧侶に成りすまして市井に紛れ、再起を図るつもりであった。

坊主に化けた重経は、身を潜めている最中、密かに結城家へ書状を送った。その書状で重経は、自らの処分について、当主の秀康から家康への取り成しを願い出た。

――きっと養子入りした三経が情状釈明してくれるであろう。

重経はそう期待して、時を待つことにした。

関ヶ原で大勝した家康は、戦後、早速、戦功のあった武将らを中心に論功行賞、いわゆる領地分けを行い、関東の諸将もそれに服した。

早くから家康と親交のあった水谷正村の弟勝俊は、大名として独立し、下館城主となった。結城氏傘下から秀吉の直臣に採り上げられていた山川晴重の子朝貞も東軍として参戦していたため、結城秀康の直臣となった。

重経の弟、重康は、下総下館の独立大名となった水谷勝俊の家臣に取り立てられた。

重経が、最も期待していた結城の三経は、戦後、越前北之庄六十七万石の大封を得た結城秀康に伴って越前に赴き、丸岡、三国三万石を与えられた。

しかし、この折り、実父多賀谷重経について、三経から秀康を通じての家康への取り成しは全くなかった。むしろ、夜襲未遂によって叛意を露わにした重経とは、一切の関わり合いを断っての越前行きであった。

——くそ。みな、上手く立ち回りよって。

武蔵府中の小寺に一僧侶となりきり、勤行の日々であった重経は、遠く越前に行ってしまった三経に裏切られたことに、地団駄を踏んだ。

やがて、関ヶ原戦で西軍に与していた大名らの厳しい処分が決まり、上杉家も米沢への大幅な減封となった。それに続けて参戦しなかった者の咎が問われることになり、そうした大名や国人らにも、厳しい処罰が待っていた。

重経のかつての主家佐竹家は、結局、義宣の態度が煮え切らなかった上に、暗に上杉と通じていたことが発覚し、出羽秋田郡へ減封となった。

多賀谷家養子となり、家督を継いでいた義宣の弟、宣家もまた下妻領が没収されたため、義宣に付いて出羽に赴いた。

そして、当の多賀谷重経といえば――。

重経の処分は、主家佐竹よりも遥かに早く下された。上杉と同罪を問われるばかりか、夜襲の大罪、並びに罪を恐れて姿をくらましていることが家康の怒りを煽って、下妻城は破却、所領没収。重経は追放並びに名跡剥奪という手厳しい処置が下された。

名跡剥奪とは、武士としての身分を取りあげられること、つまりは改易のことである。旧名を名乗ることも、帯刀することも許されぬばかりか、知行地を失い、武士の特権である年貢も取り立てることができぬ重い処分であった。

知行高も禄も得られぬ武士は乞食に等しい。特に、重経のように、大名であった者が、突如、平民に格下げされては、食う手立てを見つけることすら難儀なことになる。

結局は、隠れて密かに旧臣を頼り、日々の食事や衣服を分け与えてもらいながら、生きながらえるしか術はない。しかし、その旧臣らも、この度の家康の処罰を知ると、忽ち重経の許から離れていった。

この処分を聞き入れた重経は、落胆し、茫然自失となった。いっそ、死罪を言い渡された方がましとさえ思えた。

ふと、あの世を思い浮かべた。

――儂が死ねば、すべてが無事に収まる。家康に叛意を露わにした儂があの世に行けば、三経や弟の重康、そして、宣家も行く末が安泰となろう。

とある霧の深い早暁。重経は白装束を身を纏い、短刀を手にして、祠の中に入った。すでに、城が家康の命で破却されたことで、家臣らの半数は他家へ移り、また半数は帰農していた。また、子女らの中には向後を絶望視して堀へ身を投じた者もいた。将に下妻多賀谷家の痕跡は瞬く間に消え去ろうとしていた。

辞世の句も無く、潔く、果てようと鞘を抜き払い、逆手に短刀を握り腹に突き当てた。

――今、ここで死ねば、武士として死ねる。

息を吸って止めた時、突如、十年ほど前の光景が蘇った。

それは、北条討伐のために急遽造られた石垣山の陣中の光景であった。秀吉が重経を見下した言葉がよぎる。

「東夷が何を言う」

——そう、その通りじゃ。儂は東夷じゃ。おのれ。結局、今生の蔑み者で終わるのか。

重経の短刀を握る手が震えていった。いつの間にか、祠の外は豪雨となっていた。祠の端端から雨がしみ込んで、水しぶきが飛んだ。

遠雷が聞こえた時、重経は短刀を投げ捨てた。

——くそ。所詮、儂は東国の田舎侍じゃ。侮られて死ぬだけの運命じゃ。……ならば、……ならば、とことん落ちてみようぞ。

重経は白装束を脱ぎ捨てた。下衣だけで、祠の外へ飛び出した。土砂降りの中を素足で走った。

——儂は生きる。生きてみせる。物乞いとなろうが、盗人になろうが、生きてみせる。東夷のしぶとさを、この世に知らしめてやる。

重経は天に向けて咆哮した。

14　流浪の果て

関ヶ原の大戦からほぼ三年半を経た春、名跡剥奪、追放処分となっていた重経は、直ちに潜伏先の武蔵府中を出なければならなくなった。

近々、家康、秀忠の一行が、この武蔵府中で大々的に鷹狩りを行うとの情報を得たためである。

——なにゆえに、この府中で鷹狩りなど？

不安が過ぎった重経は、急遽、旅支度を調え、長旅に出ることにした。

未だ、大名であった矜持が燻っていたのか、商人としての才覚に乏しいと判断した重経は、自らの身を托鉢僧にやつし、府中の小寺を後にした。供は相変わらず豊丸ひとりである。

豊丸の父、菊地越前守長二郎は、重経が城を追われて間もなく、死去した。長年、芸能者を装いながら、東国の鉄砲調達という大役を担った。本来ならば、息子の豊丸が跡を継ぐはずであり、重経もそのつもりで自らの近侍としていた。だが、重経が徳川から追われる身となり、また、佐竹も出羽へ移封となったために、そうした役も必要ではなくなった。

——果てしなき無常の世よの。

網代笠に墨染めを纏い、錫杖を携えて、一歩一歩踏みしめる毎に、重経は世の儚さを噛みしめた。

大名への復帰を完全に諦めたわけではなかった。未だ、そうした執着がある分、行く先々で不快な思いをした。

だが、そうした不慣れな行脚も、日を追うごとに慣れていった。いや、むしろ無理にでも慣らしていかねば、先へ進むこともできぬのであった。

どこへ行く当てもなかったが、とりあえず独峰ゆかりの寺を渡り歩くことにした。けれども、その前に、どうしても、立ち寄りたい場所があり、自然とその方角へ足は向かった。

その場所こそかつての自らの領地であった下妻である。鬼怒川東部の生まれ育ったその一帯を、もう一度、おのれの目に収めておきたかった。

幸い、武蔵から下総に抜ける関所では、咎められることはなかった。

だが、下妻城下に入り、以前の城門辺りまで来たところで、重経は知った顔とすれ違った。その者は、かつての結城家の家臣、中里右京進である。

中里右京進は、越前へ転封となった結城秀康より、結城氏代々の追善供養を命じられていたためにまだ結城に留まっていた。

もはや、気付かれることもあるまいと、網代笠の下で俯いて、重経は足早にその場から去ろうとした。ところが、一間も行かぬ内に背後から声を掛けられた。

「……修理？　そうだ。修理大夫殿でござろう」

重経は振り返ってはまずいとその場から駆けだしたが、運悪く、馬丁とぶつかってしまい笠が脱げ落ちた。剃髪していた頭が陽光に照らされ、それと同じに頬の金瘡が浮かび上がった。

「やはり間違いござらぬ。お懐かしゅう。多賀谷修理大夫殿」

咄嗟に重経は首を振った。

それが、かえってかつての重経の面影を思い起こさせることになった。

「さてさて、生憎でござるな。すでにこの地は天領でござる。戻られても、もはや、城も町もありませぬぞ。ははは」

予想していたとはいえ、重経は狼狽えた。どうにか錫杖を支えにして立ち上がり、網代笠を被り直した後、一揖して、その場から重い足取りで立ち去った。右京進が追ってこないか。他に追っ手はいないか、絶えず後方を意識しながら、かつての城下を通り過ぎていった。

間もなく重経は、通りがまるで生彩なく、人影もないことに気付いた。先ほどの右京進が申した通り、城は取り壊され、かつての城下の賑わいは完全に消え去っていた。不安にかられた重経は、無意識にかつての菩提寺である多宝院に向かっていた。

やがて、その三門が見え、その奥の本堂を仰ぎ見た時、重経は声も出ぬほどの衝撃を受けた。なんと、本堂の半分以上が壊され、何処かに運び去られた惨状であった。無論、中にはひとの気配もない。

——何ということを。不山はどうした。

重経は余りの惨さにその場に立ち尽した。

——寺まで取り壊すとは。これも徳川の仕業か。通りの寂れようといい、寺の惨状といい、紛れもなくすべて家康の仕業に相違ない。

この重経の推量は正しかった。家康は、鉄砲部隊一千騎を揃えていた多賀谷家の武力を関ケ原戦終了後もずっと警戒し続けており、また、未だ、重経が市井に紛れて行方定かでないこともあって、徹底して、かつての多賀谷家の足跡を消し去る所存であった。

下妻城下の取りつぶしや多宝院、覚心院の伽藍撤去もその一環であった。

茫然と立ち尽くす重経は、突如、背後に迫り来る捕吏らの気配を感じた。

――右京進め。早速、奉行へ報せたか。

本能的に身の危険を感じ取った重経は、寺の裏の細い路地に駆け込み、逃走した。

――もはや、ここは帰るところではなかった。

重経は、悲愴な思いで路地から路地へと闇雲に走った。走りながらも、完全に孤立した我が境涯を改めて思い知らされ、その心の荒みは激しいものとなった。

追っ手の気配も消え、どうにか逃げおおせた重経は不意に足を止めた。そして、そのまま築地塀に凭れ、荒い息で天を仰いだ。

――やはり、あの御方に会わねばならぬ。

先般の下妻の惨状を目の当たりにした重経は、いたたまれぬ心裡を誰かに吐き出さねばおられなくなった。だが、今更、重経の恨み言や泣き言を聞き入れる者などいるはずもない。唯一、心に留め置いた人物が、遠い出羽にいた。

――とにかく、あの御方の前で自らの心情を伝えるべきだ。

そう思い切り、重経は出羽へ赴く決心が着いた。

出羽は佐竹の転封地である。佐竹一族に加え家臣や親族までも、出羽に移住していた。重経の家臣の中にも宣家に付き添って出羽に赴いた者もいる。

重経の脳裏にかつての家臣らの顔が浮かんだ。

――そう言えば、みな、出羽に赴いたはずじゃ……。

何やら、柄にもない寂寥に襲われた重経は、ようやく重い足取りで歩き出した。

木戸に待たせていた豊丸の許に戻ると、暫し、迷ったが、やがて、豊丸を伴って歩き出した。その矛先は、やはり北方出羽であった。

歩きながらも、重経は複雑な思いに囚われていた。

――このまま、出羽に赴いても、厄介者と罵られるだけではあるまいか。

自らの立場を鑑みれば、当然の報いとも言えたが、それを押し切っても、会わずにおれぬ人物がいるのだった。それに加え、重経にとっては唯一の血縁がいることも、出羽に赴く後押しをした。

その血縁とは、重経の長女と次女である。長女は佐竹義宣の継室である。また、次女は多賀谷家を継いだ宣家の室である。

――何とか、ふたりに面し、しばらくの間、居候させてもらおう。

そうと決まると、重経と豊丸のふたりは北へ北へと向かった。

幸い季節は夏に向かっていたため、野宿も苦にならぬ日々が続いた。順調にいけばひと月ほどで出羽に到着するはずであった。

しかし、実際に重経が出羽秋田郡に足を踏み入れたのは、それより一年近くも後のことであった。

思わぬ月日が経った理由は、陸奥に入ったところで、豊丸が高熱を出し、突如、死去したためである。幸い、独峰知己の寺で亡くなったため、直ぐに埋葬できた。

だが、供が居なくなった重経の旅は難航した。行く先々の道や村の下調べにも事欠き、日に食事もありつけぬこともあった。その上、何かと物入りが続き、手持ちの金子も次第に減っていった。

更には、伊達や最上の領地内では気を抜けぬ日々が続き、目立たぬよう街道筋から離れた山道を歩き続けたため、流石に体力に自信のあった重経も、疲労と飢えで到頭床に臥した。そうこうする内に、足早に冬が到来し、重経は南奥赤館の佐竹と誼のあった寺での滞留を余儀なくされたのだった。

重経が、再び北上の旅に出たのは、赤館の寺に臥してから半年以上後のことである。思いの他、病は冬の降雪時まで長引き、長い滞留となった。一層、このまま、この南奥の寺で生涯を全うする気も起こった重経であったが、出羽に赴いた佐竹家の情況だけは、生きている間に見ておかねばならぬという思いは強く、朝晩の冷えこみもない夏を待って、再びの旅立ちとなった。

この旅立ちに併せて、重経は出羽にいる梁民部に手紙を認めた。梁民部は結城晴朝の重臣であったが、佐竹ら北部連合と通じていたことが発覚して改易され、その後は、佐竹義宣に仕えた。重経は以前よりこの梁民部から結城家の動静を知り得ていた。

その梁民部に自らの窮状を綴り、やむなく数日中に出羽の娘のところに赴く旨を伝えた。重経にとっては、不本意な手紙となったが、いきなりの訪問では、何人からも相手にされぬ懸念があった。

しかし、この旅も、いざ出立してみれば、単身ゆえ、難儀なものとなった。宿坊の差配も儘ならず、野宿が続いた。すでに大名への執着は潰え、その他の欲も、日々、如何に食いつなぐかの本能によって、どこかへ追いやられた。自ずと身なりは荒んでいったが、逆に心は平穏が訪れていた。

――すべてが、いくさに負けじとばかり、周囲を顧みずに突っ走ってきた報いと言えよう。一歩一歩踏みしめる毎に、かつての家臣や家人、それに豊丸の顔が浮かび上がっていた。

――今にして思えば、酷い仕打ちをしたものじゃ。

重経は、今、ようやく、かつての家臣や家人らを思いやる心が生まれていた。

――この旅の苦しみをすべて受け入れ、懺悔とするしか、あやつらに報いることもできまい。

道程のほとんどを野宿で過ごし、托鉢で食いつないだ重経が、桧山《ひやま》城下にたどり着いたのは、赤館を出てから三ヶ月も経た後である。

途中、義宣に会うことを考えると気が重くなり、長女のいる久保田城を素通りして次女のいる桧山城まで北上した。出羽北部にある桧山城への道程は、意外に長く辛いものになり、重経の疲労は増した。

能代の桧山城は佐竹の出羽転封後から数年を経て、義宣から宣家へ宛がわれた城である。無論、重経の娘を含め、宣家の家族が移り住んでいた。

ようやくたどり着いた重経は、垢にまみれ、乞食と変わらぬ風体で城下を彷徨した。行き交う者は、みな、尾羽打ち枯らした重経に気付く者もなく、ただ、一目見るなり眉根を顰め、鼻を摘まんで、足早に遠ざかるだけであった。

——この格好では、娘に会うことも適わぬかもしれぬ。

案の定、城の外郭まで来たところで重経は困惑することになった。城の木戸で門番に咎められ、通り抜けできなくなったのである。問答を繰り返しても、その風体からか、門番は木戸を開けることはなかった。

流石の重経も、こうなっては我が素性を明らかにするしかないと、網代笠を脱ごうとした。

すると、いきなり後方から籠がやってきた。誰が乗っているのかと重経は籠に近寄っていった。

門番がそれを制しようと、重経の腕を掴んだが、重経はそれを難なく振り解いた。その弾みで門番が倒れ込んだ。その刹那である。

「父上！」

籠の引き戸が開いて、ひとりの女人が這い出てきた。

「多重……」

俄に、その女人は躙り寄って、重経の手を掴み、両手でその甲を挟みこんだ。……

「久しゅうございました」

重経は、旱天の慈雨の如く、感情が溢れ出した。

「そ、息災であったか」

「はい。……民部殿からお父上のご来訪を聞き及んでおりました」

今にも泣き出しそうなその女人は、佐竹家と供に出羽に赴いた義宣の弟、宣家の正室である。重経の次女にあたる。

込み上げるものを押さえながら、多重は、父重経の手を引き、随身の者に断りを入れ、城内館に引き入れた。

元秋田氏の居館内に新たに設けられた方丈間でふたりは面した。

「御父上。長旅ご足労様でした」

改まった多重をしみじみと見詰めた重経は、その面輪にやつれの影を認めた。

「久保田の姉は達者か」

多重は一瞬、目を伏せて、不安げな顔付きとなった。

「姉はひと月前に尼となりました」

「何！」

驚いた重経が事情を尋ねると、それは意外にも、すべて自分で蒔いた種であることを知らされた。

「徳川様は、相変わらずでございます。お父上の罪をお許しにはなりませぬ。……姉は、義宣様にご迷惑がかかるのを恐れ、自ら、仏門にお入りになりました」

思わず重経は、自害した義宣の正室を思い起こした。義宣の正室、正洞院は下野の那須資胤の娘であった。那須氏は天正十八年の北条氏討伐の折り、小田原の秀吉の陣に出向かず、秀吉の逆鱗に触れ、改易となっている。正洞院の自殺は、実家である那須氏の没落を嘆いたためと云われていた。

——ま、まさか！

重経の背筋に冷たいものが走った。

——あ、あれは、秀吉との関係を懸念して、義宣が正洞院を追い込んだのかもしれぬ。きっと、そ、そうに違いない。なれば、わが娘も。

改めて重経は、多重の顔を凝視した。

「そ、そなたは大丈夫なのか」

「……」

多重が苦渋の顔付きで重経を見詰めた。

「わたくしも先ほど、出家の意向を宣家様にお伝え申し上げた所でございます」

絞り出すような声で言った直後、多重は、わっと泣き出した。それは止むことの無い号泣となった。

重経は、何も言えず、ただただ無言でじっと多重を見詰めるだけであった。

暫く、多重が泣き止むと同じに吐息した。

「どうやら、儂が長居するところではなさそうだ。……達者でな」

重経はそう言い置いて、足の痛さも我慢して立ち上がり、部屋を出た。

「お父上」

悲痛な声はできたばかりの廊下に響き渡った。

無言で立ち去る重経の背後で、か細い声が噎せ返るような鳴き声に変わっていった。

おのれがこの地を訪れてはならないことを、重経は思い知らされた。徳川家は、追放中の多賀谷重経の縁者も残らず罪を負わせようとしていたのである。

——徳川によって抹殺された多賀谷重経という武将は、二度と表の社会に罷り出てはならないのだ。

重経の心底に、冷え切った感情が擡げてきた。

多重に会ったことで、一気に心が萎えた。しぶとく生き抜くはずの気力が、脆くも崩れ落ちていった。

重経は覚束ない足取りで、最前、来た道を引き返した。別れ際に多重に手渡された握り飯を、途中の川原でむさぼり食った。食べきると、些か、力が沸いてきた。

——もはや、義宣に会うまでのことはない。……会ったところで、大方、あやつは儂に自害を勧めるつもりなのだ。

決心が着いた重経は、立ち上がって、久保田の方をみやった。

——義宣よ。望み通りにしてやるぞ。儂がこの世から消え去ればすべては丸く収まるのであろう。ならば是が非でも、お前の父に会って、その面前で、事を決してみせよう。

ふらふらと歩行も定まらなかった重経の足取りがようやく元に戻った。その足は、ひとりの老将の許へと向かい始めた。

その老将こそ、かつては関東諸国にその驍名を轟かせ、鬼と謳われた佐竹義重である。

重経は、かつては、その義重から偏諱を賜るほどの主従関係であったが、関ヶ原戦の折り、義重が徳川寄りの姿勢を見せたために、やむなく袂を分けて西軍に荷担した。以来長く疎遠となっていた。

義重は、出羽に嫡男義宣と共に移ったが、義宣の久保田城には居城せず、それより南方の六郷城に居城していた。隠棲しながらも、反佐竹の国人衆や地侍への警戒を怠らず、老骨に鞭打って何時でも出馬できる態勢を保っていた。

あえて、防御力の乏しい平城に籠もる義重のことを聞き及んだ重経は、改めて義重の猛将たる気概が、この僻地に追いやられながらも未だ健在であることに、久しく心が沸き立った。

重経は二十里もの距離をただひたすらに南へと歩き続けた。数日を経て六郷城に着くと、堀や塀が僅かに館を巡らす程度の、何時攻め込まれてもおかしくない平城の城門で番兵に取次ぎを願った。数日ろくなものを食っていなかったため、待つ間に空腹に耐えかねて、門柱脇に座り込んでしまった。

そこへ、義重の近習らしき者が駆け寄ってきた。

「何者じゃ」

「……主にお目通り願いたい」

重経が力なく見上げて言った。

「ならぬ」

重経は眇めで近習を睨んだ。

「そちが一揆の手先でない証はあるか」

ふっと重経が嗤った。そして、徐に網代笠を脱ぎ捨てた。

「この金瘡じゃ。これを主に伝えよ」

重経の左頬を見た近習は、その異様さに戦《おのの》き、慌てて、主人の許へ駆けていった。

やがて、杖をつきながら、ひとりの老将が歩み寄ってきた。

「おや、おや。修理大夫がはるばるやって来よったか」

重経はその姿を見るなり、姿勢を正し、蹲踞した。

「久しゅうござりまする」

老将義重は、重経の変わり果てた姿を見て、柔和な顔付きとなった。

「少し、やつれたな。まあ、ここでは何だ。奥に参ろう」

義重に導かれて、重経は館へと向かった。義重が入り込んだ館は、かつて、義重が住んでいた常陸太田の館とは比べものにならないほどの粗末な造りで、将に陋屋《ろうおく》とも言える代物であった。

重経は、思わず絶句し、立ち尽くした。

「どうした。修理大夫。さあ、入れ」

義重が声を掛けると、ひとりの小姓が中から出てきた。

「客人じゃ。振舞の仕度じゃ」

その命で小姓が宴席を用意している間、重経は勧められた湯につかった。実に久しぶりの湯で長旅の疲れを癒やした。用意された真新しい小袖に腕を通した時、忘れたはずの感情が込み上げたが、覚悟が揺らぐことはなかった。

小姓に導かれ、湯上がりの重経は、程なく義重と対峙した。

膝前の食卓には焼かれた烏賊が香ばしい臭いを放っている。

小姓が注いだ盃を呷った義重が袂から煙管を取り出し、蠟燭を寄せて火をつけ、うまそうに煙を吐き出しながら言った。

「この地はいささか冷える。紛らわすために煙草も覚えた。……酒も、この儂が、日ごと飲まねばおられぬほどよ。ははは」

「ご健勝何よりでございます」

笑みを浮かべた義重が片口を重経の盃に持っていった。重経はそれを制し、自らの手で盃を満たした。

「そなたが生きながらえていることを聞き及んでいた。流石は修理大夫だと感心した。こんな世になろうとも、どんな身になろうとも、そなたは生きている」

重経は首を振った。

「死に損ないでございます」

「まあ、そう申すな。儂も似たようなものじゃ」

重経は、以前には見られなかった義重の温和な顔付きに戸惑った。

「この地も、佐竹を相容れぬ地侍らが多くてな。儂もその抑えに手を拱いている。まあ、これも、常陸すべてを手にするために南方三十三屋形を騙し討ちした報いじゃ。自業自得よ。ははは」

しかし、直ぐに真面目な口調となって義重は続けた。

「ところで、そなたも多くのものを失ったのう。まこと、徳川は手厳しいことをいたした」

片手に持っていた盃を台座に置いた重経は、改めて正座に座り直し、まっすぐに義重の老いた顔を見つめた。

「館様。それがしは、この世の痕跡を徳川に消された身でござる。もはや、死んだも同然の身。今生には何一つ望むものもありませぬ」

柔和な顔で義重は頷いた。

「されど、ひとつだけ、それがしの願いを聞き入れてもらえませぬか」

急に義重が真顔となった。と同時に重経が躙り寄った。

「わ、我が娘らを何卒、この地に留め置きくだされ」

「娘？　せがれの室か」

「そうでございます。御嫡男義宣殿、並びに、四男宣家殿の室となりました姉妹にございます。こたびはそれがしの責を負い、出家いたしました」

義重は、ほうという顔付きで自らの金瘡を撫でながら申した。

「あの若さで尼となったか」

重経が頷いた。

「すべては、それがしの宿業のたまもの。この業を、この場にて命共ども断ち切る所存でこたびは参上いたした次第」

重経は袂から短刀を取り出し、義重の前で法衣を脱いだ。

義重の形相が突如として強ばった。

「おい」

短刀を逆手に引き抜こうとした重経が、思わず手を止めた。

「そなた、いや、おぬしは、昔と何も変わらぬな」

はっとした重経が顔を上げた。

「今更、おぬしが死んで何になる」

義重の顔が、以前の鬼の形相と化していった。

「おぬしはそれで良いかもしれないが、おぬしの娘らは、これからもずっと、おぬしの非を背負って生きて往かねばならぬのだぞ」

重経が身動きできず、凝り固まった。尚も、義重が続けた。

「おぬしも、娘らと同じ苦しみを背負うべきではないのか」

「……」

いつの間にか、義重の肩に椋鳥が一羽留まっていた。

「この椋鳥も傷を負って、もはや飛び立つこともできぬ。日々、獲物も捕れず、儂の憐みでどうにか生きているのだ。儂とて、この陋屋で生きるしかあるまい。どんな境遇になろうとも、ひとは生きるしかあるまい。それなら、笑って生き抜くことだ」

重経は暫く、じっと椋鳥を見据えた。やがて、ふっと口辺を緩めて、短刀を鞘に収めた。

「……醜態をお見せいたしました。今ほどに、それがしの身勝手、深く、心得候」

後方の小姓から片口を受け取った重経が、義重の盃に満たし、自らの盃にも注いだ。

「館様の御前で腹を切り、詫びを入れるつもりでこの六郷まで参りましたが、最前の館様の申されし事柄、至極全うこの上なきこと。……それがしも改めて意を決しました」

義重が、すべてを察した顔付きで重経を見た。

「たとえ野たれ死ようとも、椋鳥となりて娘らと共に生き抜きますぞ」

「そうじゃ。その意気じゃ。儂らはどのようになろうとも東夷じゃぞ」

「は、はい」

「娘らの件は心配するな。儂に任せよ」

感極まった重経は叩頭した。

「えい。辛気くさいぞ。修理大夫」

義重が盃を一気に上へ掲げた。

「そ、そうでございますな。では、今宵は、一期の杯とし、思う存分酌み交わしましょうぞ」

その日。夜更けまでふたりは、常陸での昔話を肴にして酒を酌み交わした。

翌日、重経は、酔いの残った身体であったが、払暁とともに起き出して身支度し、家人らが寝静まっている間に館を出た。

「徳川の奉行も、ここしばらくはやっては来ぬ。数日、寝泊まりいたせい」

義重からはそう申し渡されていたが、重経は、端から長居するつもりはなかった。名残惜しかったが、かつての主君である義重に、これ以上の負担をかける訳にはいかなかった。

その日より、重経は、まるで死に場所を捜すが如く、各地を彷徨した。苦行の連続であったが、どうにか、かつての旧臣宅や寺を渡り歩き、露命を繋いだ。

そうして十年が閲した四月。密かに、帰農したかつての旧臣宅に逗留中、義重の訃報を聞き知った。一揆の巡察を兼ねた鷹狩りの最中に落馬し、急死したとのことであった。思わず重経は天を仰いだ。

――流石は館様。見事な死に様でござった。

関東随一の驍将で坂東太郎と謳われた男の死に、重経は長い間黙祷した。

義重は、生前、重経の面前で約束した通り、尼となった重経の姉妹を常陸から移した天徳寺、並びに多宝院に入れた。後に姉の大寿院は、家康薨去後に制定された武家諸法度により、人質として江戸に出て、その地で亡くなった。片や、多重の方は、絶家となった岩城家を継いだ宣家と共に亀田に移住し、その地で生涯を送ることになる。

その後の重経は、相変わらずの多難な行脚を続けた。転々と各地を巡る中で、大名であった痕跡は完全に消え去り、あらゆる欲も潰えた。自らの足跡を消し去ろうと、行き着いた先々で思いつくままに、道雨、不禅斎、卜阿弥と法号を変えた。恬淡と日々をやり過ごしながらも、生きることの意味を自らに問い続けた。

しかし、その答えを得られぬままに月日が過ぎていった。

――兎にも角にも生き抜くのだ
ただ、それだけを念仏のように唱えながら歩を進めた。

やがて、末子を頼って近江彦根に辿り着いた重経は、長旅からの心身衰弱によりその地で床に就いた。そして、義重死去から六年後の元和四年(一六一八年)十一月、数日の意識混濁を経て息を引き取った。享年六十。

武士にあらず、名も無き平民として重経は旅立った。それは将に、自らが望んだ通りの壮絶な野たれ死であった。

了

主要参考文献

下妻市史
関城町史
守谷町史
八千代町史
取手市史
猿島町史
龍ケ崎市史
牛久市史
秋田県史
水海道市史
谷田部町史
結城市史

筑波町史
常陸太田市史
秋田県史
『龍ケ崎の中世城郭跡』龍ケ崎教育委員会
『常総戦国誌』嶺書房　川島建
『道誉傳』東京図書　毛矢一裕
『東国の覇権戦争』黒田基樹
『東国の戦国合戦』吉川弘文館　市村高雄
『関東古戦録上下』あかぎ出版　槙村昭武
『佐竹氏物語』無明舎出版　渡部景一
『佐竹家譜』
『佐竹義宣譜』
『下総結城氏』戎光祥出版
『下野宇都宮氏』戎光祥出版
『多賀谷家家譜』

『常陸小田氏の盛衰、小田氏十五代―豪族四百年の興亡』
『日本の名族　関東編Ⅰ、Ⅱ』新人物往来社
『日本の名族　東北編Ⅱ』新人物往来社
『戦国北条一族』新人物往来社　黒田基樹
『戦国関東名将列伝』随想社　島遼伍
『新説　戦国北条五代』学習研究社
『上総、下総千葉一族』新人物往来社　丸井敬氏
『佐竹氏と久保田城』無明舎出版　渡部景一
『戦国武器甲冑辞典』ユニバーサル、パブリシング出版
『戦国武士の合戦心得』講談社文庫　東郷隆
『日本鉄砲の歴史と技術』雄山閣　宇田川武久
その他

後書き

とある晴天の五月初旬。茨城県下妻市にある曹洞宗禅寺の多宝院を訪れた時のことである。多宝院は、本稿の主人公多賀谷重経の菩提寺である。

三門を潜ると、禅寺らしい端正な本堂に迎えられた。本堂の前には、そう広くもない境内が、閑雅な佇まいを醸し出している。

そんな境内の一画に、ひときわ目を引く巨大な老木が立っていた。根元近くの胴回りが三メートルもあろうかと思われるほどの堂々たる榧の大木である。

ところが、わたしが瞠目したのは、榧の大きさではない。その立ち姿がすでに死人のように見えたからである。樹皮全体が白髪のように灰色と化し、老人の肌のように乾ききっている。僅かな枝は今にも折れそうに垂れ下がり、まるでミイラのようだ。樹齢を推し量ることさえ、はばかれる立ち姿である。

――もう、とっくに枯れているのではないか。枯れているのであれば、これは見事な立ち往生といえる。

そう思って、改めて見上げると、一点に目が留まった
天辺の枯れ枝から、五十センチほどの新緑の細い枝木が数本、天に伸びている。

――まだ。生きている。

その枝木を認めた時、何やら、言い知れぬ感動が湧き起こった。

多賀谷重経は、関ヶ原戦で西軍につき、家康率いる上杉征討軍に夜討ちをかけようとした罪で、戦後、武士の身分を剥奪され、大名から平民に格下げされた。

当時の世相ならば、武士の面目が立たず自害するものだが、重経はしなかった。

何故、惨めな境遇に陥りながらも、生き続け、天寿を全うしたのであろうか。

この重経の生き方に興味を持ったわたしは、数年に亘り、多賀谷家のことを調べたが、明確なことは分からなかった。

ところが、この春の陽光に輝く新緑の枝木を眺めている内に、わたしはその謎が解けた気がした。

――ひょっとするとこの木は、重経そのものではないのか。

椎は成長が遅い分、寿命は相当長いと云われているから、おそらく、この老木は多賀谷家の盛衰を見てきたに違いない。多賀谷宗家の没落とともに、また、佐竹の秋田転封とと

もに多宝院が移築されたあとも、この榧の木はこの地に残った。まるで、ここが自分の居場所のように。

だが、数百年を経て、この榧は風雪に耐えながらも次第に死に体となり、ついには、ミイラのような姿になった。

だが、それでも、今、尚、生き続けている。

——どんな境遇になろうが、また、どんな姿になろうが、生き抜くのだ。

まるで重経の声が聞こえてくるようだ。

重経は、関東の武将では、唯一、信長、秀吉、家康という、天下一統を志した大名らと多くの関わりを持った。権勢を見極め、精一杯に戦った末、すべてを失い、奈落の底に落ちた。その奈落の底で、這いずり回って生を全うした。

こうした生き方に武士の潔さは見られない。しかし、義や質実剛健といった武士の建前とは無縁に余生を送った重経の生き方は、むしろ、人間の本性が窺え、すがすがしい。

自らの生を断ち切ることなく、生き抜くことが如何に難しいか。重経も分かっていたはずだが、天寿を全うしたことは、見方を変えれば、甚だ、見事な生き様であったと言える。

この榧の木を、感慨深げにもう一度しみじみと眺めたわたしは、この本の出版が決まったことを報告して礼を述べ、寺を後にした。何か、重経に出会えたような喜びがわき起こる家路であった。

さて、この小説は、従来の武士の観念を打ち破るもので、敗者の生き方を模索したものである。その上で、なるべく史実には忠実にと書き記したつもりではあるが、不明なところも多く、所々、創作を加えていることをお許し願いたい。また、読みやすさを考慮して、あえて会話の中で武士の仮名《けみよう》や官途名を使わなかった箇所があることも付記しておく。

最後に、本稿の出版に当たって、いろいろご教授頂いた茨城県下妻の多宝院住持様、それに多くの無理を聞いてもらい、また的確な御指摘をしてもらうなど、多大な助力を分け頂いた郁朋社の佐藤様以下皆様に深く感謝いたします。

【著者紹介】

毛矢　一裕（けや　かずひろ）

1956年生まれ。早稲田大学法学部卒業。歴史、時代小説家。全国歴史研究会本部役員。関東戦国史、宗教史専門。歴史とジャズを学ぶ会主幹。老舗の文具店を経営しながら独学で文学と歴史を学ぶ。月刊『歴史研究』に10年に亘り、随筆、論文を発表。独自の歴史観を提唱している。著書『道誉傳』。

東夷《あずまえびす》

―秀吉《ひでよし》の朝鮮出兵令《ちようせんしゆつぺいれい》に叛《そむ》いた関東《かんとう》の暴《あば》れ馬《うま》多賀谷《たがや》重経《しげつね》の生涯《しようがい》―

2017年11月3日　第1刷発行

著　者 ― 毛矢《けや》 一裕《かずひろ》

発行者 ― 佐藤　聡

発行所 ― 株式会社 郁朋社《いくほうしや》

〒101-0061　東京都千代田区三崎町2-20-4
電　話　03（3234）8923（代表）
ＦＡＸ　03（3234）3948
振　替　00160-5-100328

印刷・製本 ― 日本ハイコム株式会社

落丁、乱丁本はお取り替え致します。

郁朋社ホームページアドレス　http://www.ikuhousha.com
この本に関するご意見・ご感想をメールでお寄せいただく際は、
comment@ikuhousha.com　までお願い致します。

ISBN978-4-87302-652-7 C0093